滄海叢刊

心酸記

李喬 著

1980

東大圖書公司印行

行政院新聞局登記證局版臺業字第〇一九七號

中華民國六十九年十月初版

© 心酸記

基本定價貳元伍角

著作者 李　喬
發行人 莊　剛　彰
出版者 東大圖書有限公司
總經銷 三民書局股份有限公司
印刷所 東大圖書有限公司
臺北市重慶南路一段六十一號二樓
郵政劃撥一〇七一七五號

心酸記
編號 E 83142
東大圖書公司

自序

近四年來，為了完成平生宿願：寫作以臺灣歷史為背景的大長篇：「寒夜三部曲」，把自己心愛的短篇小說暫置一旁。

但是有時心癢，還是偶而寫下幾篇，另外就是翻閱瀏覽那些還未結集的星散舊作。於是我把認為值得結集的作品彙集成兩部，其他的便焚毀還諸大地；留下的兩部，交「志文出版社」的是「演出」，交「東大圖書公司」的就是這部「心酸記」。

「心酸記」集中作品，說起來，性質比較雜，各篇寫作年度相距也比較長一些，可以說包括了我的各類型的短篇小說。

這些篇什，就取材說，一如我其他作品的傾向：大都偏重在社會大眾生活面的描繪，為無告小民作微弱的代言。我不會寫繁華世界的繽紛七彩，因為我沒有經驗；我寫的，是我熟悉的，雖然不一定躬逢親受過，至少，我的心，和我筆下的人物是生活在一起的。

至於從作品的寫作技巧、筆鋒重點看，和近三幾年來崛起的新銳作家似乎有些不同了。近年來作家們喜歡寫行動，喜歡掌握大主題，以渾厚的氣勢，展示有力的、明朗的畫面，充份顯示八十年代作家們的自信，以及掌握環境的強烈要求。我很羨慕、很欽佩；祇是我自己卻欠缺這份豪情。我這些作品，大都偏重於心理的析解、描摹；欲望、希望、理想，都是抑壓的、歪曲的、卑微的；對於生活環境的要求，也都是遲疑的、逡巡徘徊的、悄悄窺探的。

也許這些無力的角色，怯懦的傢伙，在該「有力行動」的今日，不應讓他們出現了。不過，我又想：歷史的大河流，何種形色不有？就讓他們也佔一個褪色卑陋的小位置吧。人，要往前看，但在舉足邁步前，不妨也往後瞥一眼。所以，我還是滿懷期待地推出這部集子。

敬請讀者、同文好友：多多指教。

一九八〇・十・二十二於

苗栗悟園

心酸記 目次

心酸記 — 2 —

火車上

我是觀光號火車的服務生，不過幾天之後就不是了，我已經辭職。我發誓，不再搭乘這令人傷懷的傢伙。

在觀光列車上，我工作了十八個月半。現在回首前塵，悵惘中還摻雜些可笑呢。也許我會從這場惡夢中醒過來，也許因此我陡然間就邁向成熟。然而，不管怎麼說，下午火車上的那一幕，我承受不了，我認爲它是幻境不是眞實的，雖然點點滴滴，鮮艷明晰地烙印在心田上……。

那年暑假，我初中二年級，早上爸爸命我送禮金到中壢姑媽家。回家時，姑媽遞給我乙張車票，這是我平生第一次坐觀光號火車。

車票是「六車二號」，在姑媽面前我裝着滿不在乎，其實獨自走上月臺時，捏車票的手都汗濕啦：多希望她能領我上車找好位置。

車子很快就進站。我發現停在前面的正是六號車廂；下車的旅客剛下來，車子就緩緩移動了。我跳上車子左右一看：都是二位數的座號。我慌了，但強迫自己鎮靜下來；號碼是從那一頭排過來的吧，我想。

可是走過去一看，二和四號座位上赫然坐着兩個胖子；他們頭髮亮亮的，穿西裝打領帶，在那兒閉目養神，看樣子是不會坐錯位子的人。那麼是號碼重複吧，這明明是第六號車廂。

我不敢叫醒他們，又不知道找誰理論好。就在這時候，二號座位的胖子睜開眼睛了。我急中智生，拿車票在他眼前晃晃——我是裝著無意間的動作的，他却知道我的意思了，伸出肥手把車票接過去瞧瞧。

「那邊！」他翹起拇指往後划。

我愣愣地走回剛才上車的那邊；眞可笑，原來我看錯了車廂哩。然而走到另一個車廂時，還是失望；二和四號上是兩個黃頭髮的外國人。我僵在那邊不知怎麼辦。

「喂！站在那邊幹嘛？快去補票！」一個穿藍衣服，高高大大的女生向我瞪眼說話。

「我有……」我怯怯地把車票遞過去。

「那邊，那邊！」她的臉好大好白。

「那邊有人坐！」

「沒有！過去，快！」好不講理的傢伙。

我又怕又難爲情，乖乖地倒回來，這邊也有一個穿藍衣服的女生。我把車票遞給她看，她向前面招手——前面又有一個同樣的女生。我接過車票，被推了一把。

「這是七車，你的座位在那邊。」第三個女生領我走過胖子的座位，到前面那個車廂。我羞窘死啦，低頭不敢看她。

六號車廂似乎特別長，我跟著她走好遠才到了座位；不錯，二四兩個位置都是空的，她叫我坐在靠窗的位置。我瞥她一眼，就又趕緊低下頭；她的鬢角長得很低，臉顯得很小，臉頰不很白但很細膩，很好看。

突然，一縷幽幽的香氣鑽進鼻子裏。她坐在我的旁邊——四號座位上。

「小弟，你低頭想什麼？」

「沒……有。」

「你好像很緊張。去哪裏？」她大概側著臉瞧我。

「我——回家。」我想逃走啦，跳出窗外也罷。

「小弟，你一定是個好學生——我猜你今年升初中？」

「初中二年級！」我大聲說。我抬頭看她。

「啊，對不起！我……」她掩嘴笑起來。

她笑得很好看：眉毛和眼眶都彎彎柔柔的，小臉頰上，那兩個酒窩，奇妙極了。眞的，我還沒看見過這樣好看的女生。她收起笑痕後，大眼睛滑溜溜地打量著我：我想我是愣愣地呆在那兒吧。

車子緩緩停下來，不知道是什麼站。她旋身站起來走出去。車子再開時，她在門口，沒過來，我只能看到她的側身的模樣。我好像在這十分鐘不到的時間裏，忽然變成另外一個人；心裏那股羞窘恐懼全消失了，我定定地，大膽地望着她。

她並不比我高多少，身架瘦瘦的，肩膀薄薄的；不過小腿修長，很美，胸脯高高挺起，看起來很舒服。

我心頭甜甜地。我從沒有過這種很舒服的感覺……。

「喂，你怎麼閉著眼睛？」她又坐在四號上。

「我在想……」

「你剛才盯著人，發呆……」她悄聲說。

「我沒有……」我的耳根猛地燙熱起來。

「你很可愛——很像我那弟弟……」

我在心裏大聲喊姐姐。喔，不，我是要喊媽媽的；自從媽媽離開人世起，我的喉頭上就時時憋着「媽媽」這個聲音。然而她只能算是我的姐姐；至於後來，她告訴我名叫林麗雲，她有一位好弟弟，可是小學六年級那時死於腦炎，我的長像，使她恍然以爲是失去的弟弟。

* * * *

我家在苗栗鎮，每天乘火車到風城上學。開學以後我終於查出，林麗雲服勤的××次觀光號快車，經過風城是十八點二十分；開學不久，我就陷入不能自抑的瘋狂行動裏：把零用錢全部存下來，甚至設法向爸爸騙些錢，目的是下午放學後，搭乘××次觀光號快車回家，在這半點鐘的旅程上，可以偷看她幾眼，有時還能談上一兩句話……。

「我喜歡她，我愛她……」我躲在被窩裏，在厠所，在沒人的地方，偷偷地一再告訴自己；只要想到這些，全身內外就暖洋洋地，或者是涼爽爽地。這是怎麼一種感覺呢？我說不上來，或許，就叫做幸福吧。

這不會是見不得人的秘密吧？或者說是幻想，狂想。我沒法阻止自己；我替自己想出千百個理由，原諒自己，同情自己，支持自己。

「這不是罪惡，是純潔的、優美的、精神的……」我辯白著。實實在在的，我的意念裏，絕對不存在絲毫邪惡的成份。

說明白些吧：當我發現而且確定「愛上」她時，我曾經嚴格地檢查自己的心地。結果是，我沒有任何屬於惡意，肉體的意念在作祟；我只是把她當作母親，當作姐姐，當作一種溫柔體，一種心靈的殿堂，寂寞的躲藏室——是孺慕之情，安息的渴望，是鄉愁式的依戀。總之，我單純底絕對底愛她；除「愛她」這個抽象的事實外，不含任何其他。

「眞的是這樣嗎？」我多疑的心，又這樣作總括式的疑問。

「絕對是這樣。」理智和感情同時堅決表示。

「也許這正是心虛的表現呢。」

「絕對不是！」

「骨子裏，你把她當作女人那樣去愛的，只是你的年齡和種種，不允許你明目張膽罷了。」

「狗屁狗屁！廢話廢話！」我喘氣如牛。

「哼！等着瞧吧！」

我緊閉雙眼，以猛咬指甲答覆這種質疑；這是我個人內在世界的問題，和任何人無關，這不是畸戀，不過，我清醒得很，尤其這時候，我忽然間長大了，成熟了；我的心，像接收電波的眞空管那樣敏感——我知道我的心靈底層，到底隱藏些什麼。

她服勤的那班車子，由風城上車的位置，分配在五四兩節車廂；我總是早上一到風城，就先買下明日下午第五號車廂的票；幸運的是座位都是二位數，也就是接近五號車廂的，她就站在五六號車廂之間啊。

我第一次存心「擺濶」搭乘那班觀光號火車，上車時我不敢看她；急忙坐在自己的位置上，拿出單字簿來背單字，天曉得我的眼睛一直往哪裏瞟！

唉！她根本沒看我，轉眼間苗栗就到了，下車時，我故意留到最後下車——其實只有三個旅客。

我朝她的小腿脚掌狠狠盯一眼才走開。她還是沒看出我。走到天橋下，我忍不住了，霍地回過頭看她，她正好也向這邊看。

「她看見我了，她在看我！」一股奇異的興奮沒頭沒腦地罩下來。是的，這大概就叫做「快感」吧，全身熱騰騰的，像會融溶化解似的。

第二天早上，我再買下那個座位的票；也就是第三天下午六點二十分，我又可以和她坐得近近地啦。這次，我下定決心，車子一開動就到六號車廂，找她。然而「觀光號小姐」換了人。這晚上我到天快亮時才睡著，結果沒趕上升旗典禮。

再一次見到她，是在半個月後。這段時間，我做了一番準備工作：籌足五張車票的款子，從星期一早上起買票——也就是星期二到週末，每天搭那班車回家！我相信她不會離開的，果然，星期二那天，她在那兒。

「您好，還記得我嗎？」我上了車，不找位置，先打招呼。這是幾天來「深思熟慮」後的。

「你……？」她笑笑。笑得很美，但她搖頭。

「我叫江賢祥，那天您替我找座位的。」我很傷心。

「哦！我……唔。」她又淺淺一笑，很抱歉的樣子。

我問她半個月前那天爲什麼沒跟車子。她睜大眼睛說，那是例假，還有一天是請病假。我說她很瘦，要保重身體，她笑笑，臉上拂過一抹兒紅暈。我發現她很喜歡淺笑，那是最好看的淺笑。

「江同學，你怎麼知道我沒跟車子呢？」她突然問。

「我……沒看到您嘛！」我想我也臉紅耳赤吧。

我終於能夠和她大方地相對談話了。面對著她，我有一份被壓迫的感覺，但那是很細微的；勿寧說是一種對她依賴的感覺，被維護的感覺。

「江同學：你天天坐這班車子？」星期五，她提出我意料中的問題。

「我是通學生嘛！」我不看她。

「這是觀光號呀！」她好像有點惱怒。

「我喜歡觀光號——可以看書……」

「太浪費了。」

「……」我抬頭睞她一眼，又馬上低下去。

這天晚上，我給她寫了一封信，不，我只是寫了一個故事——那是小時候聽來的：一個王子，愛慕鄰國的公主，可是公主不愛他；他化妝成農夫，去當公主花園的園丁，爲的是一天可以遠遠地看公主一次……。

「要告訴她這個故事？」我讀自己寫下的故事，不覺猛吃一驚，而且心頭隱隱作痛。

這算是什麼呢？初中三年級的學生，我，算是什麼？

「一開頭，你的心就是卑鄙的！」巨大的聲音由耳邊昇起，然後直入心坎深處。

我是卑鄙嗎？我是嗎？這種心，眞的是卑鄙嗎？人間眞不允許這種情意存在嗎？算是冒犯道德規範嗎？我不知道，我不知道，我要大聲喊我不知道！然而，除大聲喊我不知道外，又能怎樣呢？

淚水——暖暖的淚水，把眼眶淹沒，溢出眼眶，然後讓它爬過雙頰，簌簌下落；有一部份，廻曲倒灌嘴裏。那是澀澀的，苦苦的。

多羞人，一個十五六歲的男生流下的曖昧隱秘的淚水。

淚水不知什麼時候停歇的，我感覺我自己笑了。猜想不出這個笑痕美不美，但我知道這些淚水把我洗濯得清淨些，空靈些啦。

後來，有一天，我在觀光號座位上，痴痴地凝視她；有那麼一瞬間，她也以清澈的眼神回看我。

我的視線模糊啦。朦朧中，她的影子陡然無限擴大起來，而且無止境地向我挪近。最後，她飄進我的心懷裏，我回頭省視自己：喔，我的心是一個湖，汪汪清淨的水湖，有一座塑像，一座聖潔完美的女神，她，林麗雲……。

「林：我愛妳！」我說，我自然舒坦地說。

我沒有罪的。她是我心湖上的女神，我愛她，可以爲她犧牲一切，只是這樣，只是不含形體的大愛，誰能加罪於我？

*　*　*　*

我還是努力湊錢，搭乘那班觀光號火車。她繼續勸我不該這樣浪費金錢，但我確信，她完全明白我爲什麼這樣「浪費」。

我們好像是很好的朋友了吧。只要一次在車上見不到她，我就要嚐受所謂「失魂落魄」的眞正味道：接著第二天無論如何我得搭那一班車（事先沒買票，只好以月臺票上車接受加成的站票），那時她也完全知道我的心情，她會立刻告訴我原因。如果我一個禮拜不搭她的車子，下次我上車，我也能看到她眼神裏那份關切。我堅信，不是我在單……而已。

「這就夠了，還奢求什麼呢？」我總是這樣提醒，也是約束自己。

「有一個傳說：你被一個觀光號小姐迷住？」同學們好幾次這樣笑我。

「是嗎？也許吧？」我冷冷回答，這是事先想好的態度。

有一天，上了車，看前看後都不見她的倩影，我索性掛著書包，每個車廂逐一找過去。

「哈囉，你找誰？」九號車廂的小姐似笑非笑地問。

「找位置。」我說。

「你的座位在五號車廂不是？」

「……」

「林小姐請假——她今天訂婚呢！」

「啊！那，恭喜……」我全身好像麻了一陣，心口背板涼涼地，然後我支吾著說些話。聽了這消息後，我回原位坐下，還是有過什麼奇怪的表情動作，我想不起來了；我一再重複告訴自己一句話：這種事總要來的。

到達苗栗，是那個告訴我「好消息」的小姐提醒的。

畢業考近在眼前，但是這個晚上我把大哥看的武俠小說抓過來，看到精疲力竭才頹然倒在床上。

第二天，我整天在發誓；絕不坐那班「狐狸車」。可是下課來到車站，我還是目送同學們被普通車載走，還是買月臺票跳上「狐狸車」。

上了車，我就到第一號車廂找車長補票。

「江同學……」是林麗雲，我走出車長室她就迎上來。

「恭喜妳！」我說，我發現她的臉紅噴噴的。

「恭喜我生病？」

「……」我狠狠地盯她。

「你聽阿玲——楊小姐胡扯什麼？」

「恭喜妳嘛！」

「嘻，如果眞的，一定請你吃喜餅啦！」她在我的耳邊輕輕地說，說完就走開。

三號車廂門外邊，包括那個什麼楊小姐，林和她們在鬧著，笑著，她們划臉頰羞林，又向這邊指指點點；林大概生氣了，轉身走進四號車廂。

「她並沒訂婚，最重要的，她急於告訴我！」這是多麼美妙的事。這個世界就因爲這句話，顯得十全十美啦。

我看得出來，那些觀光號小姐們，和同學們取笑我一樣，常常鬧她的。我仔細觀察研究她的神色，我看不出她有什麼不快或不安。

或許這是很可笑的吧，但我是誠心誠意的：考上高中以後——當然是風城的高中——我開始給她寫信；信寫在活頁的橫行筆記簿上，封面上我寫著：「給瑪麗亞的信」。這是永遠寄不出的信，我知道。

那年冬天，我做了一場怪夢：我不知怎地，獨自來到茂密的森林裏；那是陌生的地方，陽光在枝葉外跳躍，涼風徐吹，蟲聲唧唧，這裏是一片陰涼。

我低下頭，忽然發現自己的影子在地上晃動——原來我站在淸澈的小湖邊。我裸裎著上身，全身筋肌突起；胸部長著濃濃的胸毛，臉頰上滿是鬍碴子，兩撇鬍髭可愛極了。

——賢祥：你在這裏？湖水中出現姣好的臉蛋兒，那是林麗雲。

——雲姐姐：妳看我，我……。我不知爲什麼想哭。

——祥：你好粗壯喲！你是大人啦。

——當然。我說。雲姐姐嬌羞地笑了。哦，她也裸裎著。我噗咚一聲跳進湖水裏，把她緊緊抱著。她柔順地偎貼在我寬厚的胸膛上。

然後，然後我們手牽手在森林裏狂奔；冷涼的雨水打在赤裸的身上，好舒服，好聖潔……。

突然，她驚叫一聲脫開我的手掌。她倒在地上翻滾着，身上多了一條鮮艷的彩帶——喔！不，是一條紅黃斑斕的巨蛇……。

我狂呼嘶喊，我撲上去，然後我醒了過來，冷汗淋漓……。

我很悲哀。我沉思。在車上，我告訴她怪夢的事。他白我一眼，說我是個胡思亂想的孩子。

「我不是孩子！」我說。

「嗯，江老先生？」

「雲姐姐，不要再把我當小孩子！」

「哦——你，你叫我什麼？」

「昨夜夢中，我叫妳雲姐姐……」我側過臉望窗外。

她欣然接受了。叫她姐姐，我感到很甜蜜，但是甜蜜深處却隱埋着一絲酸澀。

唉！讓我坦白吧：我愛她。如果有罪，那就讓我認罪。我苦苦深深地愛著她，以一個男人，對一個女人那樣愛她。誰都不許笑我，我眞是這樣！

然而，我只擁有偷偷向自己宣佈愛她的權利，只有這種「事實」。除這之外，我只是一個「

祥弟弟」，一個成績不錯的高中生，一個被同學背後譏笑的傻瓜。不過，我却不以為然，我心裏有一種無形的「充實」。雖然我心悲苦……。

愛情是絕對的，而且是獨立的，不涉及被愛對象的，我發現了這個「眞理」。

夏天又將來臨。我提醒雲姐姐，我轉眼就高二啦。

「快快長大啊，好弟弟！」

「怎樣才算長大呢？」我好不高興。

「當你漸漸討厭我這個姐姐的時候！」她總是漾著笑紋的臉，忽地嚴肅起來。我又愛又怕。

放暑假那天，我向她提出一個要求；我問她哪一天放例假，她說明天就是。

「那妳安排什麼節目嗎？」

「唔，問這幹嗎？」

「我們去哪裏玩好不？」我鼓起勇氣說。

「我們？你是約我？」她的語氣，像是驚奇，又像是戲弄。

「不可以嗎？」我想說，我們認識快兩年了。

她沒有答應我的「約會」。假期中我還是「五號車廂」的常客；她早就對我無可奈何，我又問她什麼時候例假。

「後天我放假，準備去青草湖玩。」她說。

「和誰？」

「男朋友，」她緊接著說：「如果你有空，我們三個人一起去。」

三個人一起去？我說回去想想。這個晚上我把去與不去的理由，各列了幾十條——我要打發這漫漫的長夜。第二天坐上「五號車廂」，我還是決定不下；不過快下車時，我表示參加。我想我得接受挑戰。

這天，我先到青草湖等她和「他」，時間是上午九點半。這是最長的時刻，最殘酷的約會；我可笑抑是可憐，或瘋狂？我不斷地反問自己。也許我是虐待自己吧？

她出現在我的眼前是十點二十分。只是她自己。

「怎麼——他呢？」喉頭突然哽着，我咳嗽兩聲。

「他有急事不能來。」

「那，我們……」我心頭狂跳着，頭有點暈。

她穿一襲淡黃色連短裙的洋裝，戴雪白帶鬚的大草帽，顯得清新脫俗，熱情而嫵媚；玉腿襯得特別修長，健美。

「想和你詳細談談。」在小舟上，她說。

「我也是，好多話。」

「別誤會。我是勸你冷靜——我知道你對我的感情怎樣，這是不可能的，不正常的……」

「不，不是不正常！」我必須堅持這點。

「不正常。我只是你的姐姐，將成爲你的女朋友的那個女孩子還在初中一二年級，甚至還在國校呢！

「雲姐，別當我小孩子好不好？」我央求。

「我當你弟弟，永遠。你知道，我一直怕影響你靜心讀書，所以……」

我抗議，她解釋；我咆哮，她哄我；我流淚，她安撫我。到了湖中小山，我們捨舟上去。

「雲姐，」我咬咬牙說：「雲姐，讓我吻妳一次，只一次，有生以來的，也可能最後一次。好嗎？我愛妳，只求這樣，我……」我語無倫次，我是瘋啦。

她說不可以，我懇求著。我終於吻了她，吻了她的嘴唇；我的淚水又泛濫，她却笑了，很凄苦很凄苦那種笑。

「祥弟：忘了這些，你我都是。你自已說的。」

「雲姐……」

在我，這是斷腸的約會，斷腸的一吻，此生此世，雲姐之於我，只是這樣而已吧。

開學後不久，雲姐告訴我，十月份起她要調到另一班次的觀光號火車服勤；每天中午經過風城。從這以後，除非下午請假不上課，很難見著她；週末的車票老搶不到。

一個星期五，下午的體育課我溜掉，買月臺票跳上「五號車廂」，結果在三號車廂找到她。

她悄聲告訴我，坐在十號座位的是她的未婚夫；一個很帥的年輕紳士。

我升高三那年，雲姐結婚了。我素色的夢，就這樣淒涼地結束。但那只是浮泛的表面；靈臺深處，心湖的中央，她還是我的「神」。她永遠佔有我的心。

去年我高中畢業，考上一所三流的學校；在一股奇異的魔力引誘下，我去投考觀光號火車服務員。我考取了，每天接觸的藍制服觀光號小姐中，哪裏去尋找心中那永不褪色的倩影？

然而，人生就這樣不可思議，我居然再次在車上見著她——不幸的重逢。

* * * *

那天，十五點整，車子開出臺中站後，我領一個以普通車票上車的老先生，到最後一個車廂補票；經過第七號車廂時，一張臉蛋兒，像閃電撲過來，我的腦際霍地變成一片空白。

林麗雲，雲姐坐在八號座位上；六號座位上是鬍碴子刮得很乾淨的中年男人；眼大鼻圓，唇厚腰粗，一個胖子。

——男人肥肥短短的手臂搭在女人肩膀上……

「怎麼一回事？不會是雲姐吧？」把老先生安置後，我趕緊回到六七號車廂之間走廊上，隔著玻璃看看究竟。

「不要激動，冷靜下來！」我提醒自己。

那是一幕很隨便的鏡頭，一對很要好的男女。

我可以斷定的是，這個男人不是三年前她告訴我的那個未婚夫；我知道她確實結婚了，只不知道對象是那個「未婚夫」，還是眼前這個男人？我希望是後者——哦，不！

這個男人，太……不是嗎？他的左手居然在她裸露的大腿上拍了一下！

「不！雲姐，一定不是妳！」我在心裏祈禱著。

她全沒羞窘的意思。她笑得好開心；那是妖冶縱情的笑吧！呸！這裏是觀光號火車哪！

然而，她的笑，徐徐引發的刹那；笑痕衰萎收斂之際，隱約間，却是這樣地熟悉！

「不！一定不是妳，雲姐……」

她的頭靠在他肩上，兩人身子緊緊黏在一起，她的右臂倚著窗檻，左手也曾擱在男的大腿上好一會兒。

車子大概衝進隧道吧？四周驟然暗下來，也許是天黑了；還不是時候。看看兩排日光燈是亮著的，也許我的視覺發生毛病吧？或者是荒唐怪夢。總之，我陷入恍惚之中啦。我好像看到那隻粗肥長滿獸毛的爪子，居然像一條毒蛇吞吐紅信，緩緩滑進她的領口；然後，在她的酥胸上蠕動……。

夠了。我很想吐。我閉上眼睛，翻身走到六號車廂。這裏是我純情的避風港，美的情操的堡壘。我不應該看那骯髒的活劇。眞的，我很想吐。

「雲姐姐，我汚辱了潔淨美好的妳！我該死！」我得向雲姐負荊請罪。

不過，車子每一次停下來時，我又不得不走過去看那兩個野男女一眼，我實在不能釋懷。終於，在中壢站，男人站了起來，女的扶著他搖晃著離開座位。男人下車了，意外的是女的並沒下車。

我又透過玻璃門端詳這個女人。是很美；身子比雲姐胖了一點，臉蛋兒憔悴了一點。她閉目養神，唇角却隱現笑意。是很美，很……我心口刺痛著。

我一直盯住她。我下一千次決心，鼓起勇氣要走過去，坐到她旁邊，問她。但是我的雙脚僵凍在那裏。

也許我不是眞的沒勇氣，實在是不願意撕破心中那一層透明的薄膜？噢，這還是勇氣問題吧。

然而，這段惱人的旅程終於結束，就像雲譎波詭的人生一樣，總是要結束的。

臺北站到了，她匆匆下車；我向列車站長請好兩個車班的假，緊隨著她走到收票口。

她一出收票口，一個等在那兒的人迎了上來；是很年輕很帥的紳士。我一眼就認出他是誰。

我扶着收票口的門柵，沒有走出去。她和他在三幾秒鐘就被人潮淹沒，消失。

我向列車站長銷假，獨自走上還是空蕩蕩的五號車廂，坐在二號座位上，心口湧上極端厭惡與極端眷戀這個座位的情緒。我希望我沒哭出來才好。

驀地，雲姐晶瑩豐滿赤裸裸的胴體映現眼前。這是幻像，我知道，我的靈臺上一陣轟轟巨響昇起，天搖地動，海嘯風吼，那巍峩矗立心湖的聖潔塑像，只賸殘骸斷肢了，一片模糊的血肉。

人生愁恨何能免，消魂獨我情何限，總是這樣的吧。

我決定辭職，決定永遠不踏上載過「美麗底醜惡」的怪物。我一定要去……把甚麼想毀棄，然而我知道我做不到，我只能……。

（一九七一）

心事

關於明芬的一些風言風語，一個月前我就聽到了一點。我一直不信，或者說是抵抗它；最後，我希望她親自說明。但，我又不忍心逼問她，我從來就不肯傷害她絲毫的；正因爲這樣，我感到悲哀。

然而剛才明芬低著頭斷斷續續說了之後，我又希望這是假的。但，「明芬自己說了」這一事實，我又不能否認；現在我倒希望她不說。眞的，她爲什麼要說！難道連這樣的傷害我會受不了，她想不到嗎？

明芬當然想像得到。她是敏感又細心的女孩；這樣一個好女孩，純潔的一朶小花，唉！

明芬說完這件事——極汚穢、極骯髒的故事後，抬起頭來，愣愣地盯著我。她的小臉上沒有淚水。不，一開口就先哭了起來的，不知什麼時候乾了。明芬是個旣軟弱又倔強的女孩。我被她的眼神震懾住了，也可以說使我發麻的心神淸醒了些。

三年來，從未見過她這種眼神，也沒聽說女孩子會流露這樣的眼神。那是冰冷的，渙散的，認命的表示；但又好像是剛剛相反：那是熱切的，狂烈的，祈求的。不過，想想，又都不像。是的，都不像；應該不像，因爲她的心情，不是這些字眼所能傳達才是。那麼，到底要怎樣說才恰當呢？

「阿隆，就這樣。」她最後稍稍抬一下頭說：「一個月了，痛苦了一個月，恨了一個月——恨我自己——也想了一個月，最後我告訴你，由你決定……」

「唔……」我呻吟一聲。好痛好痛，痛入心肺，痛切骨髓，痛徹靈臺；我覺得這個時刻不省人事是最好的辦法。

「心全碎了。我知道你也是。我知道，一切都改變了，也知道我再也不配……。」她哽住好一會才說：「請你決定吧。還有，我的心，還是……」

心怎麼樣呢？她還是沒把話講明白就轉身奔向小公園門口。

我凝成一座鐵塔，化成一截木材，變成一棵枯草；我，是一粒冷硬的小石塊，死在那裏。

「阿隆！阿隆啊！」好像誰的聲音在耳邊迴響。

「請你決定吧！」

「怎麼辦？」

怎麼辦？事情發生了，你林阿隆是當事人，總得想出辦法呀！我困難地想。

是的，怎麼辦？

嗯，明芬不一樣了，我阿隆不一樣了；這個世界也已經不同。他媽的「不一樣」，可恨的「不一樣」！

能夠不「不一樣」嗎？不，不可能的，因爲事實上是不一樣了。

「我恨！」我猛地喊叫一聲。

這樣喊了一聲，心口似乎好過些。眞不願意用到這個字；二十六歲了，可從沒認眞地恨過一個人或一件事。我的性格裏，大概沒有這個成份。我總是想到愛；愛人間，愛花草樹木，甚至於風雲水石。不幸得很，現在我深深陷入恨的泥淖裏。恨是很苦的。

「我要把那個畜牲殺掉！」

內心的哪個角落裏，幽忽地冒出怯怯的願望：把明芬也一起殺了吧！

「可恨的明芬！賤女人！骯髒的女人！」

在心裏這樣大聲詛咒著，可是越咒心裏越酸，這是一種自殺，傷害她和傷害自己是一樣的。

我怎麼忍心讓明芬和這樣汚臭的字眼連在一起呢？我責備自己。

可是，她確實已經是這樣啊！想到「已經」，我發覺嘴裏有點鹹味，大概嘴唇已給自己咬破吧。很痛，但肉身的疼痛，這個時候是很舒服的。

「我要宰掉那個畜牲！」

我能嗎？明芬沒說清楚畜牲的名字……

我能連明芬也殺嗎？大概不能。

唔，不能！我林阿隆是沒用的男人！

——何況，宰、殺，又能怎樣？

「已經！已經！唉！已經……」

我茫然站了起來。回頭看一眼剛才倆人坐過的石板凳，明芬柔美幽怨的臉模子驀然浮現眼前。不，我搖頭。我想自己大概苦笑了一下。

夜很深了吧。小公園靜悄悄的。燈光並不太差，這殘夏初秋晚上，公園裏不應該是這樣的；也許遊客都回去了，或許躲在草叢裏……。

「情侶躲在草叢裏」這是一個很惱人的聯想。心底浮動著，某些意念小規模地泛濫著。

「我該怎麼辦？」這句話又逼上來。

事情既然發生了，自己是當事人，那麼總得有些行動才是——唔，這個念頭怎麼這樣熟悉呢？剛才自己就這樣想過吧？或者，在過去的日子裏，發生了什麼事況，自己總是有所行動吧？不，過去總是沒有行動，所以心裏才迫切地要求行動哩：好痛心，我一直是很儒弱的男人呢。

那麼這回不是平常事，自己非有所行動不可了。

「我不能去殺人，我不能殺明芬，」我用力掙扎著：「那麼殺死自己吧！」

怎麼可以殺死自己呢?自殺又能怎麼樣呢?另一個意念又這樣反對我。

下著小雨。秋夜，深夜的小雨，涼涼的。小公園口的燈光浮晃著，四周的草木石階浮晃著，心田，也是晃盪著；一切都那樣可笑地不安定，一瞬間膨脹，一刹間收縮。

「要是夢，該多好。」

夢中不是這樣。夢中我很幸福，我擁有在故鄉是最動人的女孩——黃明芬。而事實是這樣。

那年，我決定離開鄉下老家，來都市打天下。打天下?這只是給雙親端一個空心玻璃球而已；憑一個高農畢業生，學的是農藝，能到都市幹哪一行?只是到工廠裏接受半月兩週的「新工訓練」，然後當一個最起碼的工人罷了。

這是沒辦法的。這是潮流。青青的山坡地，綠綠的田野，被無數巨型會噴煙霧的怪物慢慢吞噬了；這是不可抗拒的宿命發展。我就和大羣的年輕人一樣，湧進都市，湧進工廠來。

我愛鄉村，我的身上流著祖父、父親那種滿是田園味的血液，可是那四五分水田不可能養活父母和自己三兄弟；更何況我還得結婚生子!大家都說，而事實也是這樣：「沒出息的人才留在鄉下!」

我當然不願做個沒出息的人。

其實，我遲遲不肯到大都市求「發展」，骨子裏還是爲了明芬；驟然遠離明芬，日子怎麼過呢？她也受不了的，可是這個柔柔細細的女孩，居然鼓勵我走：

「涂玉美和阿仁仔，吹了」明芬說。

「怎麼可能？」

「她爸爸堅決反對！」

「阿仁不錯嘿！還多買了一口池塘不是？」

「就是這樣嘛！人家說耕田養魚，沒出息。」

「那，阿美不堅持嗎？」

「她根本不要阿仁仔留在家裏。」她有意無意地瞥我一眼：「她說甘願夫婦去工廠做工，也不願沒日沒夜地挑水澆糞！」

「事實上，阿仁仔的田那麼多，又弄了兩口魚池，不可能抛下。」

「所以——吹啦！」

不可能的，我想。那倆小口我知道，他和她已經……怎麼可能說吹就吹呢？

「阿仁仔剛才在清理菜瓜園……」

「阿美可快訂婚了——在臺北開計程車的『羊頭坤』。你認得吧？」

「喔！那個賴皮羊？甩掉阿仁，要上那傢伙？」我有點不信。

夕陽滑入西山坳了，稻稈堆被染成一片錦黃。多美的黃昏，可是，唉，我回過頭看明芬，她的小臉紅亮亮的，好美好艷；那兩顆大眼珠——我吃了一驚：明芬愣愣地凝視什麼，連小嘴都微微張開著？

一個很不好的意念掠過腦際。

「喂，妳父親，大概也不肯妳嫁給我？」

「不會吧。」

「我也是耕田郎呀！」我吞吞口水：「沒出息的。」

「你也出去闖嘛！」

「我，妳知道我可以好好經營……。」

「阿隆，」她遲疑一下：「我早就想，想勸你……還是出去好。」

「妳也這樣想？」

「嗯。鄉下耕田……阿隆，你要是進工廠，我也去。」

「也去做女工？」

「有什麼不好？總比——你看？」她攤開手掌讓我瞧。那是厚繭纍纍，痕溝縱橫的手掌。

「……」我黯然。

「你不高興啦？」

「沒有。明芬……」我輕揉那雙粗糙的手掌，不知怎麼說好。

「將來，我們倆，白天一起上工，晚上一起回家，收入也不錯——我二哥說，夫婦都上工，比耕兩甲半的上則田收入還要多。」她興奮著，但說到「夫婦」時，嗓音突然變得細細的。

「晚上？晚上有夜班呢！」

「一起上夜班也不錯。」

「明芬……。」

「阿隆，我知道你會不高興。」

「不，」我想笑笑：「我也想過出去碰碰——大家都說得我心裏癢癢的，親自一試也好。只是，我們分開兩地，很難受。」我說。我是拙於表達的人。

「怎麼會？我說過，我也要進工廠嘛！」

明芬緊緊偎進我懷裏。我很想騰出雙手捧起叫人疼愛的小臉兒，看個清楚。女人心，海底針哪！可是日落西山，四周已經很暗了。唉！我嘆了一口氣……。

就這樣，我成了一個不算太差的工人；就在我「進城」一個月後，明芬也離開了故鄉。經過我的奔走和朋友的幫忙，兩個人雖然不能在同一工廠上班，却享有同上同下的樂趣——她的工作地，就在附近。

果然，這種日子過得很幸福，很愜意。然而，明芬親口說的骯髒事，像一把利双，直插我心坎，我的心，鮮血淋漓了；也像可怕的三氯乙烯，把幸福的花朵毒殺毒死……。

「我怎麼辦？」

臉上已分不出是雨水還是淚水。我茫然走入燈火闌珊的街尾小巷裏。

* * *

我漫無目的地走著。

但是我知道自己走進街尾小巷。這裏是工廠裏大夥兒口頭上常掛著的「好地方」。我沒來過，但耳熟能詳。

夜很深了，此地却是最熱鬧時分；每個半掩門扉邊，都有三幾個光腿露胸的女人。

我怎麼會走到這裏呢？

我眨眨眼，搖搖頭；人，清醒些。我邁開大步，希望快些穿過這條小巷。

「坐啦！人客！嘻嘻！較嶄的啦！」

「嘿！少年郎！免怕羞，來嘛！」

我惶然，左擋右避，大步帶跑地擺脫女人大陣的困境。

「哼！跑啥？又不是你老母！」

「沒用的查波！走嘛！」

終於穿過女人店地帶。走過拱橋，那邊是稻田，要回工廠宿舍，得繞一大彎，不然就要衝過人肉市場。

好險！眞是的，可怕可怕。

咦？怕什麼？沒用的「查波」——唔，剛才有一個女人罵我是沒用的「查波」！是，我是沒用的男人！

「我是沒用的男人！」

面對田野，我歇斯底里地尖叫。這是懂事以來從未有過的舉動。

這一叫，連自己都吃一驚；不由自主地，略略蹲下身子，凝神環看四周。怕什麼呢？哼！心底一聲冷冷澀澀的喝斥聲響起；我對自己更加厭惡起來。

「我是沒有用的男人！」我一字一字朗聲說。說完又說，又再說；一遍比一遍緩慢而有力。

是這樣沒有用的人啊！連妓女都怕？

連一個女人都保不住嗎？

連恨都不敢嗎？

我恨明芬！我恨，可是我愛她……

讓我坦白吧：天下誰要恥笑我就笑吧！我是這樣沒有骨氣，沒有魄力，連我自己都瞧不起的呢！

我愛明芬，眞的，縱使她已經「骯髒」了，我還愛她；我也希望自己能夠不愛她，但是做不到！

我知道自己就是這樣懦弱又固執的人；應該忘却的，可是我不能。

「恨不能全恨，愛不能全愛」，我會被夾死在這死谷裏！該死該死！我眞是該死！

我多可笑，多可憐，多卑鄙，多可恥！

——這麼想著，我眞不願意，可是心却頑強地想下去，無情地鞭笞不已。

我對自己灰心極了；是一種絕望的心態，連卑視自己都沒力氣了。然而卑視到極點，絕望的頂端後面，又滋生一股混沌朦朧的感覺，也是一種力量——和始終主宰全部意念相反的奇妙力量。

「其實我並不這麼糟……」辛苦而吃力地，也是驚驚險險地，讓這個意念佔一個位置。

這個意念漸漸加強、茁長；我偷偷高興著。

我不應該這樣可憐可笑的，我應該面對現實！我不必這樣折磨自己；爲什麼折磨自己？我太好，太善良了；我還想到自殺？眞是豈有此理！

「對！我要報復！」我昂然宣佈：「我要向明芬報復！也向全世界人報復！」

這是重大的發現；麻痺的心志，因這個發現，居然能感到一絲愉快。

是的，我爲什麼這麼傻？我可以向她看齊的嘛！她「骯髒」了，她還是愛我；她告訴我「骯髒事」，要我決定是否和她好下去。那麼，我林阿隆也可以把這身潔淨的淸白毀掉。等我也骯髒了，然後向明芬說：我也墮落了，我已經不是「男孩子」——甚至於我可以悄聲告訴明芬：「和妳不是處女一樣」——怎麼辦？請妳決定吧！當然我要補充一句：和妳還是愛我一樣，我也還是愛妳……。

這樣想，我好像不再怎麼痛苦了，我有一種微妙的勝利感。

當然我不敢也不能想得太多，就把握住這直線推理的想法就好。不是嗎？這二十六載清白身，到底爲誰保留！我要破壞它，我要和明芬一樣——明芬啊！知道嗎？我沒有辦法控制自己不愛妳，那麼，我只好向妳看齊。

我不再難過悲哀。眞的，一點都不，世界就是這個樣子，生命就是這個樣子。

深深吸一口氣，挺挺胸，聳聳肩，讓身體鬆弛一下。我知道這些動作都是不必要的，但是似乎這些動作可以劃斷前後的什麼，或者說是把自己的想法與行動滑稽化一番，這樣就更合情理，更可以原諒了吧。

我拿穩脚步，向剛才穿過的半掩門巷子走去。

還等待什麼？還顧忌什麼？我沒有做過這種事情，但是聽多了，我應該能夠很沉著地做的。

「找一家最暗最小的吧！」

「不，就是要找最寬敞，最多人的一家！」

「要個最豐滿最性感的……」

「這樣不對，應該要一個最老最醜的。」

最老最醜的？嗯，這樣最有意思。我林阿隆二十六歲了，來這裏並不奇怪吧？雖然也不是色饞饞的那種人。今夜來了，我一定要很沉著，很勇敢，很像一個老手。哈哈，眞有趣！誰想得到呢？我林阿隆也會來到這種地方！

我突然覺得身體急速高大粗壯起來；一步一震動，成了巨人，景物小得可笑，都在自己的睥睨之下。我不再是個懦弱的人。

「坐喲！進來坐嘿！」。

「喂！少年的，一樣啦！來，卡緊！」

心跳還是加快，還是有點恐慌。要穩哪！不然會被笑的。我提醒自己。我匆匆瞥她們一眼，不行，這三個都不行——可是我，還選什麼呢？我不是來選美女或娶妻的，而是……。

「別晃呀晃啦！我就好——」

我想我是掙扎了一陣吧。這種掙扎不過做給人看，或向自己耍花招而已。我被拉扯著踉蹌前進。眞後悔。嗯，後悔。後悔什麼呢？不知道。

「過來，小心，別碰到水桶，就那間。」

女人轉身走開了。一股霉味。唔，有點蒸發了的「三氯乙烯」的味道。有毒。這裏也有毒。嘿嘿！怕什麼？我爲誰，我爲誰？我爲誰在流浪……我怎麼唱起歌來呢？

「嘿！別抖啦！」我警告自己；脚趾使勁抵擠鞋底，把手拇指折壓在手掌裏，這樣可以輕鬆些。

有一個黑大漢子走過來；他低著頭，不敢看我呢！我有點得意。跟在他後面的女子很白很年輕。唉！很美，衣服穿鬆一些多好，迷你裙也沒人這種短法的。那張臉，眞像——

「咦？有點像二妹？」我差點驚喊起來。

呸！胡思亂想！當然不是！絕對不是。但她一定是某個人的妹妹，也是爸爸媽媽的女兒…。

「明芬！」明芬的影像又沒來由地浮映腦海。嗯，那個女人的鼻子，瘦了一點，小了一點，但是很可愛的，這，不是明芬的鼻子嗎？有點像明芬，明芬和二妹很相像。可憐，這個女孩，唉！

我很難受，喉管胸口有點發悶，聽說中毒就是這樣。當然不會中毒。我很想喊叫一下或者……。

「上去吧。」面前多出一個女人。她什麼時候來的？我一直沒看清她的臉。

我木然聽她指揮。心頭突然狂狂亂亂的。我爲什麼全身抖個不停呢？我絕對不是怕成這個樣子的。明芬、二妹，還有好多故鄉的女孩子的臉蛋兒，一下子全湧上來啦！我怎麼了呢？

「來，你的衣服——快！」她躺著，她居然……。

我怎麼辦呢？我想哭，我要跑走……。

「卡緊啦！磨什麼？又不是討婆娘！」

「我沒有婆娘！」我說。

「喲！這不是嗎？」她招手，她好可怕，她那樣子好怕人。

「我……小姐，我不要來這裏……」

「你說什麼？」

「我，我要去游泳……」我不知怎麼竟說這種話。

「？……」

「我要回家去割稻，我想我的爸爸媽媽……」

「見你的鬼！」

沒有鬼，很多青蛙，泥鰍很大，很多——嘻嘻！「不要怕！不要怕，我要陪妳回家啊！」不知道爲什麼，我的嘴巴不聽指揮，就要講話；這些話都不是我想講的，它就是要溜出來。我大概又大聲唱歌大聲笑。後來我又講了很多很多。

「哇！」那個女人跳了起來，跑出去，哈哈！她………好多人，好兇。我一下子就被拖出小房間，又給推到大門外。這幹什麼呢？我並沒有怎麼樣呀！眞的，我好像亂講了幾句話，就這樣。我可以保證！我清醒得很。我只是想哭想笑。

我要忘記不愉快的事情，我要回去睡，明天再好好工作，當然，將來我要回故鄉去，現在我一切都好好的。我又想起明芬了，我要和她結婚，我沒做錯什麼，我很好，眞的，眞的……。

（一九七三）

璦兒行狀

璦兒姓羊本名覲璦，以「璦兒」行。祖籍廣東嘉應州，於二百五十二年前（一七二三年，清雍正元年）落籍臺灣鳳山縣。父羊克裘是稅捐處的課長，母姚氏任職縣政府。璦兒依譜排行二十四世。

璦兒能夠降臨人世，勿寧說是一種奇蹟，主的恩寵：克裘結婚時四十二歲，姚氏三十一歲，兩人都是專注事業而暫時忘却愛情的人。但是愛情如潺潺清泉，晝夜不捨，淙淙滙集心田，越聚越盈滿，在愛情一旦決堤時，兩人找到最適當的洩洪道——結婚。在結婚後，最切盼的自然是早日獲得愛的結晶。不過，兩人心中都有一層濃濃的陰影：遲婚，會不會生育呢？

陰影，終於被一道曙光戳破、推開；在婚後第三年，姚氏終於懷孕。

那是一段興奮惶恐交織的日子。她第一次體會到古人「大旱之望雲霓」的滋味，也品嚐到「及時雨」沛然下降的狂喜。她覺得自己走完漫漫長途的天涯路，回到溫暖舒適的小屋；那是塡滿心胸靈臺的滿足、安慰。生命就是這樣；人生如此，已經沒有遺憾！

她和克裘都受過高等教育，也已經是人生經驗豐富的人，再加上二年多來的努力自修育嬰學識之後，惶恐中，她還能夠妥善安排處理的。

「胎教是重要的。」她想，也是下了結論。這是很奇妙的體驗：一發現有孕，她就立刻同意，或者說是證實了中外育嬰書上「胎教」的理論。這是母性的自然良知吧？

在懷孕初期，震動胎兒是最大的忌諱；所謂震動，一指外界物理性的撞擊，二指母體情緒起落給予胎兒的壓迫。然則，上下班的勞頓和辦公室中的種種，現在都得考慮一番了。她向來自認是神經質的婦人，神經質的人，情緒是沒法控制的，這不是她的錯。

她權衡事情的輕重後，決定告假一個月。她馬上請醫院「幫忙」，出具證明，並且未及給克裘說明就辦了請假手續。

當然克裘同意了。克裘笑笑，沒表示什麼。他會暗暗讚許這種明智行動的。她想。

這天下午，她作了另一件重大的決定：爲了胎兒能夠獲得眞正寧靜的環境，克裘在這十個月內，必須睡在客廳才行。第一，他有夜裏抽煙的毛病，豈不是讓胎兒在汚染空氣中發育長大？第二，小小臥房，住兩個成人，氧氣的耗損已經夠多了；多一個胎兒豈不更加嚴重？第三，這個男人睡相惡劣，在夢中常有踢脚揮拳的怪動作，萬一擂在她肚腹上，可就不堪設想。第四，十個月不是三朝兩日，男人嘛，她清楚透啦！站起來文質彬彬滿像那麼一回事兒，可是躺在床上，有時候，哼！火來了，才不管妳理當如何如何……第五，肚子已經有個新生命在蠕動，夜裏還和大男人睡在一張床上，讓外人「想起來」，也有點不好意思。第六點……。

總之，夫婦非分床不可！她是個溫柔體貼的妻子，這件事不像請假那樣單純，在方式上，必得和克裘先說一聲——說是商量，也是應該的。她是很懂得情調的女子，她提早下班後，先把房子裏外稍爲整理一下，晚餐特地由館子叫來三道菜；她要在丈夫身心十分舒泰之下，提出這個要求。

「我想……你不會反對吧？」最後她這樣問。

「鶯鶯，眞的妳要這樣？」他好像認爲她說笑話呢！

「我們要這樣，不是我一個人！」她糾正他的話。

「唉！好吧！」

「委屈你了！克裘！」

克裘淺淺地笑笑，無可奈何的樣子，眞是長不大的大傻瓜。他站起來，猛地撲過來，伸手要摟她；她稍許吃了一驚，把他推開。

他還是那樣笑笑，然後吁口氣，到庭院看盆景去了。

「好克裘……」她喃喃呼喚。眼角奇癢，淚水倏然湧滿眼眶。眞想盡情哭一場，可是瞬間她抑制住自己——我不許這樣，這樣對胎兒是不公平的。

她緩緩站起來，輕手輕脚地收拾殘餚——克裘跑過來搶去洗刷的工作——然後拿出育嬰手册、筆記簿。她決定把手中最重要的部份摘錄下來，另方面，也把自己想到的，以及生產前繁多的各種必須預備的物品寫下。她想：這種事，寧快勿慢，而且寧濫勿缺！

「我要當媽媽了！」一縷喜悅和驕傲揉雜的熱流自心坎升起、擴散、瀰漫著。

……………………

「十月懷胎」是個漫長的日子，但也可以說匆匆而短促的，因爲起初幾個月「懷孕期的嘔吐」，把人給整得死去活來，狼狽之至；往後的日子，選購嬰兒衣物尿片，增添家庭備品，決定牛奶牌子，接洽女傭以及定期產科檢查等等。這些無一不是非自己動手不可的。克裘是體貼、能原諒的好丈夫，不過這段日子也證明了他是個大笨牛！沒有一件事情辦得令人稱心快意的。唉！也是命吧！有了孩子之後，自己得忙成什麼樣子，夠瞧的啦！她想。

在待產末期，最傷腦筋的還是選擇那一家醫院的問題：

起初，以省錢一念到公保醫院檢查胎兒的，後來親戚們勸她，還是到私家醫院檢查仔細而且親切。她聽從了她們的話，結果她還很滿意。可是幾個女同事却把公家醫院說得天花亂墜，什麼設備一流的，醫師又是最近留洋返國的；擁有最新接生技術，還有醫師多、人才多，可以應付任何情況……另一方面，又有人認爲拿薪金的醫師，不管如何比不上自家開業的，他們等因奉此應付應付罷了，本事再好也沒用，更何況人多品雜，混在一起實在不妙。至於私家醫院，有的外表堂皇富麗，裏頭却可能密醫郎中在操刀剖腹呢，而且不肯請正牌的護士，讓那些國中畢業後「在職訓練」三數個星期的小女孩亂來……

「怎麼辦？」她幾乎要急瘋啦。

「太太！公立私立都好嘛！唉！」

「你這個大頭呆，大傻瓜！」她恨得直咬牙。

這個難題，最後却由預定僱用的「歐巴桑」一句閒話給決定了。「歐巴桑」說：

「千萬不要到公立的大醫院，太可怕啦！」

「哦？可怕！」

「聽說，他們把剛生下來的娃仔都擺在一起！」

「擺在一起？」

「是呀！各掛一個牌子，有人抱錯孩子哪！」

「抱錯孩子！」天底下有比這更嚴重的事況嗎？她決定到私家醫院去生產，而且是小醫院；她採取了一樁補助措施：另外請一位特別護士從旁護理。

本來她是決定在家裏生產的，到時候請醫生助產士上門。當然費用可能十分龐大，但這節骨眼兒上，金錢問題可不宜再予計較。可是有一不能克服的難題：產科醫師不肯來；縱使肯來，產房的設備也不可能搬來呀！

「唉！沒用的男人！」她只有把怨氣噴在男人身上。

那個偉大的、燦爛美妙的日子終於來臨了。在懷孕滿十個月零三天的辰時下三刻——八點四十三分整，生下了三千公克整的男孩一員！

生產過程的確十分艱苦：在嬰兒落地時，她暈了過去，醒過來時，第一個朦朧的影像是克袞的臉孔。她發覺自己的手被緊緊握著。

「孩子……呢？」

「……鴛鴦……」克袞的聲音十分乾澀。

「孩子呢？」

「是男孩哪！抱到房間了。」

她笑了。眼淚却從眼角緩緩流下；隔一層淚水瞧去，周遭景物是七彩的，這個世界突然顯得新奇而陌生起來。

她輕輕啜泣起來。醫生給注射一針鎭靜劑。

這是一場漫長的熟睡，足足二十個小時，醒過來後，第一樁苦惱她的事況是餵奶問題。本來經幾個月的反覆研究——包括依據學說的推理，以及請教醫師和權威人士——她決定哺餵母奶，可是現在身子太虛弱了，醫師反對她這樣做。

「扶我起來餵奶好了，我能支持的。」

「不！妳要徹底休息幾天！」

「可是，牛奶我不放心呀！」克裘說。

「隔一兩星期改用母奶吧。」醫生說。

「最好不要改變。」

「那，我，我拒絕讓我的孩子服用牛奶！」

她掙扎著爬起來。醫師終於屈服，只好提出補救辦法：先用葡萄糖水餵兩天，然後看情形再作決定。

記得書本上曾提過先用葡萄糖代替奶汁的說法，她同意了。在這期間，她要求每六小時打一補針，醫師笑笑答應了。她是一個有決心、富毅力的小婦人；她要把握這四十八小時，讓自己絕對完全放鬆下來休息，甚至於進入一種近似禪定狀態。

藥物與休息是奇妙的結合，或者說母愛是一種不可思議的力量；四十八小時過後，她居然「精力充沛」、「神采奕奕」了。

她，熟練地，令人懷疑是初為人母地，完全按照書本要求的方式，完成平生第一次哺乳工作。

一切都那麼美好、順利、合乎自己的計劃。她現在是歸心似箭了，因為那完美的、周詳的、舒適安全的育嬰天地，到底不是醫院，是等待瓊兒六年的——自己的家哪！更重要的，還有一個心理因素：這裏是婦產科醫院；「醫院」兩個字令人實在不舒服，而且容易惹起不愉快的聯想。還有，這個婦產醫院命名「萬全」；萬全嗎？也許是萬全吧，然而，它不也暗示人，可能發生萬分之一的不安全嗎？可笑得很。

總之，所以，產後第五天，她命克袭請了一天假，在上午九時整，陽光剛剛轉熱的時分，她由特別護士和丈夫扶擁下，抱著嬰兒，坐上向朋友調借的豪華私家轎車——計程車三教九流都坐過，難免滿車菌類，自然不能乘坐——十分鐘後就回到家門口。

這是一座雙拼式兩樓洋房，是新婚時購下的。

「孩子，你的家，到了。」她湊近嬰兒的耳邊說。

她又一次覺得周遭的景物是七彩的，而且緩緩晃動。

* * * *

瑷兒：以上是你來到這個世上前後的種種；媽媽說得欠仔細，大概情形是這個樣子。

瑷兒：也許這個充滿污染危機的世界，並不適於你——是的，從特別護士手上，第一次看到你的臉蛋兒的瞬間，媽就明確肯定，你不會是個凡人；媽和爸爸將因擁有你而驕傲，但也不免被一縷慚疚而不安糾纏着；我們發誓，一定以全部的愛心，愛你，一定給予最大可能的舒適環境。畢竟你已來到這個世上，你就有權利獲得我們能力範圍內最高的一切。不是嗎？

臺灣中部的晚秋季節，好像悶熱了一點，但是媽還是把樓上樓下全部門窗關緊，媽知道，這不合書本上的要求，但是「盡信書不如無書」，何況，媽這樣做是有根據的：第一，附近那家粗紙加工廠燃燒「重油」，挾着惡臭的黑煙吹過來的時候，中人欲嘔五腑沸騰，嬰兒怎麼受得了呢？這一點是媽和爸爸的罪過，說來慚愧，得請你原諒。第二，現在通用的紗窗網孔太大；媽曾經仔細量過，是一點五釐米，至於紗絲歪斜部份可就二點五釐米以上了。臺灣的蚊蚋大小齊全，尤其近年細小類的更多，這種紗窗豈奈牠何？第三，我們採取了補救措施：用兩把大電扇，一在客廳，一在樓上，日夜不停地吹，使空氣流動，消除鬱燠。其次是每天中午，先把瓊兒用毯被裹好，然後敞開所有門窗——包括紗門窗——以便換氣；據媽的研究，二十四小時內這樣換氣二十分鐘就夠了。（讓媽先向你透露一個秘密：媽在存一份私房錢，在你週歲之期，也就是明年初夏，媽就爲你裝一部冷氣機啦！你將享受到「北歐」的夏日！）

總之，媽媽寧願做一萬種多慮，可不許出現萬分之一的疏忽。親愛的瓊兒：可知道你之於媽媽和爸爸的意義嗎？你植根於我們生命深處，你是我們生命的一部份。唉！知道嗎？媽爲了添補家用，尸位於一個小職務；你爸爸年逾不惑，還是一個小小課長。我們的理想，甚至生命的重心都放在你身上；爸媽願爲你奉獻一切——說到這裏，媽忍不住又要流淚了……。

瓊兒：你第一次微恙，是在滿月過後第十五天，被無知愚蠢的那個「特別護士」給害了的。

本來媽媽準備僱用她一個月，可是看她實在不像一個內行人，媽在第八天就辭退了她。可笑的是她竟十分眷戀你；每次路上相遇，她都要求讓她一睹你的丰采。當然我都予以婉拒。

這天中午，我們「換氣」完畢，剛把門窗關閉，她，這蠢材居然無恥地猛按門鈴，差一點把你嚇著；挪開一線門縫瞧去，她正衝著媽儘笑哩。有什麼辦法？只好讓進來滿足她的期望。

「咦？產假過了吧？沒上班？」好大的破鑼嗓子。

「續假二十天。」

「爲什麼？妳好好的嘛——來，讓我抱抱寶寶！」

「看看吧，別抱他——請不到適當的保姆嘛！」

「喔，好漂亮——妳不是早請好了嗎？」

「她——等一下……」媽趕快把她拉開，要她洗了手才准欣賞你。「她呀！還配？髒死了！」

想起那個臭保姆，火氣就直往上冒。

「咦？什麼味道？」她大驚小怪地皺著鼻子，像嗅到魚腥的大母貓。

她慌張四顧一陣，突然「啊」一聲：她著魔似地樓上樓下地跑動著，接著傳來打開門窗的匡匡聲。

「妳！妳這幹什麼？」媽又驚又氣。

「哎呀！空氣不流通！不行呀！怎麼得了哇！」

「胡說妳！快給我關上！妳快給我滾！」

媽氣炸啦！媽上樓重新關好門窗，下來時，她正推開紗門準備跨出去！

媽痛快淋漓地把她罵一頓，但是對她來說，很可惜的是大概只聽到前面幾句，因爲這個蠢貨已經頭也不回地跑啦！

「哇！哇哇！」糟！你被吵醒了。

但是媽不能馬上去抱你；樓下的門窗關好了，然後去把手沖洗乾淨。

——這是媽細心的地方，也是一種發明：媽在坐月子前就請來水電師傅，把引進厨房的自來水，改裝三道。兩管接通原先的洗碗槽、軟水器和浴室、熱水器等舊有的系統；新裝的一管上，再裝一具新的特級軟水器；再把新購進的「和成牌」熱水器接在軟水器後面。媽稱它爲「過濾的熱水消毒系統」。就這樣，無論誰接近你之前，就得先來用過濾了的熱水，再加上肥皂洗手、消毒。補充規定是：身、手離開瑷兒之後，勿論時間短長，再接觸時，都得經此程序。

「哇呀！哇呀！」

經這一折騰，你動了眞火，小臉兒哭得發紫；在月子裏就是這樣，只要哭聲升起，半分鐘之內不去抱，你就氣成這個樣子；聽說大人物從小性子就是剛烈的，眞是這樣嗎？

瑷兒：媽洗淨了手，抱起你，用酒精擦拭手指後，再以酒精消毒奶頭；一切準備妥當了，可是你竟繼續哭號，不肯吃奶。

媽暗叫一聲不妙，一團烏雲浮上心頭，媽直覺地感到事態非比尋常；摸你的額頭，果然有些微熱，用溫度計一量——三十七度八！

「三十七度五六，還可能是正常的！」可是現在是三十七度八！

這是緊急情況，媽很快地把本鎭各家醫院作一比較——公立醫院當然不予考慮——於是決定送到「德生醫院」治療。這所醫院被稱爲「大刀手」，收費貴得可以嚇死人，但是涂院長是留德的；檢驗精細，診斷正確，用藥如神，所以收費昂貴，乃是自然的結果。不算是缺德。

然而，這回涂院長犯了嚴重的錯誤：他斷定璦兒你一切正常，只是媽媽——我得了「緊張病」。

媽很不服氣地雇車載你回家。你一直繼續的微熱並未下降，午後三時，溫度表的紅線居然超過三十八度線了！

媽作了最緊急的措施：電招克裘即刻告假，到電信局前等候。媽決定帶你到中市「胡小兒科綜合醫院」求診。胡醫院是中臺灣小兒科權威，它的地址、電話號碼，媽都早就摘錄下來了。

在和你爸會合前，媽先用電話掛了號。這回你爸也緊張起來啦！坐在包車上，看他一臉慌急，惶恐無措的樣子，媽心裏總算好過了些。眞的，他這個當爸爸的，是太馬虎眼兒了，太不盡職了；例如媽不放心女傭洗尿片，要求他親手用熱水洗，他老是一千個不願意的樣子；命他繼續睡在客廳，他也是一臉悻悻然。唉！眞是的！

哈哈！璦兒：這回眞是萬幸，也可以說好在媽當機立斷，你的發高燒，只是雷大雨小——傷風而已。經名家診斷，一針打下，溫度就全退了。

瑷兒：這是你第一次上醫院。

然而，不幸的是，從此你就常常上醫院了。媽當然不敢再相信本鎮那些庸醫，一有風吹草動，媽就以專車送你到中市「胡小兒科綜合醫院」診治。媽絕對自信這種做法是正確的，唯一困擾是你爸媽儲蓄有限，月入不多；你生後六個月，重病小恙，總在十四、五次以上吧，也就是說上了十四、五次中市大醫院。說來慚愧極了，爸爸不得不舉了一小筆債來應付。當然啦，這是值得的，也是應該的。

日子，就在緊張、興奮、恐懼、忙亂交織中向前推移，媽和爸都瘦多了，也有人說我們蒼老許多——這當然是玩笑，縱使是眞的，又有什麼不對呢？只要你長得快，活得快活，媽和爸怎麼樣都是愉快滿足的。

瑷兒：你雖然病痛不少，可是並不影響你的快速發育、成長，你六、七個月之後，就能聽能笑，手舞之足蹈之，靈活異常啦！尤其令人難以置信的是你語言天份：你六個月剛滿就能絕對正確地喊「爸爸」了！你爸爸簡直樂昏啦，看他樣子，眞像想把腦袋摘下供你玩耍哩！

媽白天要上班，不得已以雙倍的價格請一位經驗老到的保姆看你；晚上就由媽自己來。媽和爸爸拒絕一切所謂的應酬，也不開電視不聽電音：我們以你爲生活的中心；你的笑聲就夠我們解頤消遣啦。

說到這裏，媽不得不要小聲數落你幾句了：你的脾氣，實在是「非常地不太好」！而且越長大越厲害！

例如說：你一哭臉就發紫、發黑；後來甚至在一場號啕之後，扁桃腺就腫起來。這一腫脹，又非上醫院不可，我們只好想盡一切方法不讓你哭；可是越怕惹你哭，你却越愛哭！

你愛看晃動的東西，尤其入睡之前，你最愛看爸爸爲你一搖一晃的「紅企鵝」；你總是精神特別旺盛，你的睡前「恍惚時間」平均都在九十分鐘左右，這樣一來可苦了爸爸啦！他得爲你搖晃玩具一個半鐘頭，他是手痳臂酸，精疲力竭了。如果搖晃的速度因打盹而緩下來時，你會哇一聲哭喊起來。這時候事態就更難收拾啦。

有時候，你要我們抱着在房裏走動，或到院子裏打圈兒，這個運動也起碼要繼續六十分鐘以上；有時候是半夜三更開始的。瑷兒，眞的，媽和爸爸受不了哪！我們白天都得上班！

記得是你滿八個月的一天，發生一椿很不愉快的事：是晚上九點鐘左右，你不知怎地靈機一動，喜歡上撕報紙的遊戲；也許是那半酥帶脆的一道撕裂聲很悅耳吧？

媽當時認爲，你不宜多接觸報紙文字的印油，所以要求爸爸代替你撕報紙，你好好欣賞就成了。

於是嘶嘶聲不絕於耳，你笑得很開心；你的小床邊的碎報紙就越堆越高了。

一個鐘頭之後，你厭倦了；看你神色媽就知道，你想人抱着走動走動。爲了讓你早些入睡，我建議來一次雙管齊下；由媽抱着走動，爸爸爲你搖「紅企鵝」。

璦兒，試想想看：這個場面，多奇妙啊！可是你還是睡不着。媽猜想你是想到院子走走吧？媽和爸爸把任務調換過來，開始在外頭做同一種「運動」。是初冬時分了，夜已漸深，寒意漸濃，媽替你裹了好幾層毯子被子。

「哈——啊啾！」你打了一個大噴嚏。

「進去！」媽和爸同時說，同時往門內衝。

「不……不……哇！」你哭了，你不願意。這眞是一場大困局。你堅持不進屋裏，而你繼續打噴嚏！

「怎麼辦？」媽問你爸爸，他也拿眼神向媽求救。

「感冒，不得了！」

「哭腫了扁桃腺呢？」

「眞是！小，小混蛋！」

爸爸抱着你，旋起一陣風，不顧你的大哭大嚷，把你抱進屋裏，擱在床上，他瞪着兩隻大牛眼直喘氣！

「克袠！你瘋啦！」媽慌得全身顫抖。

「哇哇！哇——吱——哇——吱！」你的嘶叫聲變了樣兒。

「他，他會哭壞，哭壞了！」

「哭死掉算了！」

他準是眞正瘋了，他竟伸手打你的小嘴巴！

媽衝過去，推開他，並咒罵着沒命地擂他的胸脯！

「你要死了！你……」我哭了。

「死吧！死吧！我們都死掉算了！」他也哭了！

「哇哇！吱——吱——吱，哇吱！」你哭得最尖最高。

瓊兒：這一次，媽和你爸爸都受傷了——是說心坎受了創傷。第二天，我們都羞窘後悔得很，彼此不敢和對方目光相遇。至於你，嚴重的扁桃腺和感冒……別提啦！

媽知道：你不是平凡的人，你的脾性、靈性自然與衆不同，爲你父母的當然要承受、忍耐。只是我們畢竟是常人，我們總是要犯常會犯的錯誤。

瓊兒：不管如何，我們要全心全意疼愛你、保護你；如果可能的話，媽眞願意永遠把你懷在肚腹裏，那樣你不必受任何人世的痛苦折磨。然而，這是不可能的。

媽爲了你的健康和安全，也不避諱人家譏笑古板迷信什麼的。例如「胎神」啦！未滿週歲前不過橋啦，不見棺木啦，夜裏不肯睡就熏香念咒啦。這些媽都遵照辦理——至少是無害的——這是母愛，迷信些又有什麼不好？

最後，媽要提的是「那事件」；媽只有勇氣稱它爲「那件事」，實在不忍用有說明性質的字眼兒稱呼「它」！可恨啊可恨！彼蒼者天，爲什麼要這樣殘酷？

璦兒：媽的一切，你爸爸的一切，都完了：我們這個「家」，已不成爲家。而今而後，我們何以生，何以在茫茫人海，孤寂世道上走下去？璦兒，媽親愛的兒子，媽不知道。啊！

——那是春陽暖和的星期天早上，媽把你的小床推到大門外，讓陽光曬在你身上。你歡悅地咧嘴而笑。

突然，我們家那隻小土狗「來安」，由馬路對門轉角猛奔過來，接着後面跟來四、五隻兇惡的大野狗。

牠們爭奪什麼？我的念頭還未轉完，可怕的情況發生了：「來安」不知怎地躲到你的小床後邊，想憑它抗拒敵方吧？這些兇惡大野狗，像四、五隻飛鏢，倏地撲到你面前，嘴裏伸出紅紅的長舌頭，人立而起，就像要撲殺你似的。

媽大概是完全僵凍在那裏了。

「哇呀！」你大叫一聲，你從小床摔倒在地上。

媽醒過來了，不顧一切揮手衝過去。狗羣狺狺狂吠着撤退了，你並未受到任何皮肉上的傷害。

可是你暈了過去，你久久不醒人事……

把你送到醫院急救……

你一直發高燒，查不出機體病原的發高燒，接着是感冒，頑強的感冒，然後是支氣管炎，一週後轉爲肺炎，另外又什麼細菌感染鼻炎……這些都是後來那家狗屁小兒科綜合醫院說的。總之是什麼病都來啦。

就這樣，就這樣……

爲什麼就這樣呢？

我，這近一年來爲人母親的時日中，一定有什麼地方錯了。我要深思、反省。可是，一切都太遲了。深思也好，反省也罷，媽還能爲你做什麼呢？唉！無可奈何的人生，無可奈何的生命，無可奈何的媽媽我……。

……

瓊兒生於民國六十三年中元後二日，逝於六十四年靈均自沈同時。俗云「七坐八爬」，瓊兒滿八月尙未能爬；再閱月乃稍能坐正。至於語言能力則已近歲半孩童矣。是亦足證靈秀天毓，不同凡俗也。

媽媽拭淚謹述行狀於瓊兒百日之期。

（一九七六）

阿憨妹上樹了

「本報田崗訊：二十一日清晨，火車站前大榕樹上，被路人發現有一個小女子；全身污穢油垢，已經看不出何種花色洋裝上，不知爲何用鮮血色塑膠繩密密麻麻細紮起來，連頭頸手臂腿肚亦如此這般，紅索環套，怪異非常。

維持秩序的警察人員上樹勸導，她只搖頭微笑，經幾十分鐘依然不肯下來；考慮強制執行，又怕發生意外。圍觀者越來越多，其中一老婦認出是鄰家失踪數日的楊太太——阿憨妹云云……。」

＊　＊　＊　＊

春光明媚，鳥語花香。今天阿憨妹出閣。

老媽媽天還未亮就起床；實際上，這個晚上全在迷迷糊糊中過的。壁上那個掛鐘的鐘擺，這個晚上聽來，就如敲鑼打鼓那樣響。躺在旁邊的老鬼呼氣吸氣，比打鐵的抽風箱還重；看他兩個眼珠睜得像剝了頭皮的牛目珠，該也沒睡着吧，哪來風箱聲呢？

老媽媽下了床，故意把拖板鞋拖帶得叭達叭達響。她用力打開臥室的門，又猛地推開大門；門板下的小輪子發出火車急馳的巨響。

裏裏外外還是靜悄悄的，誰都沒給吵醒。門關着。她在老大臥室外站幾秒鐘，舉起手，沒敲門就放下來；經過老三臥室時只脚步慢了一下，最後她來到阿憨妹的床前。

阿憨妹臉上有些汗油，嘴巴微張；原來就萎縮的上唇，就這樣剩下一個切口邊緣而已。

老媽媽大聲喊「憨仔」；但是話剛出口就又吞回去，反而給熟睡中的女兒蓋好被子。她就坐在床頭直瞧。

阿憨妹芳年十六，是老來的滿女。她和老鬼倆一生勤奮持家，備極辛勞；現在已經年高德劭，不事生計。這個小康之家就交由大兒子長媳婦負責。

「總算有個自家的寫仔啦！」

「唔……」阿憨妹翻了一個身。

「起來。憨仔！今天什麼日子？」

「唔……」阿憨妹再一翻身，把棉被壓在下面；一個大字仰躺着，唇角流出一縷唾液。

「壞看！」

阿憨妹已經進入青春期，可是胸不豐臀不圓，還見不到一絲少女的風韻。但是今天得出閣了。

記得一個多月前，同年哥領一羣人來相親的時候，還沒看清楚楊漢才，還未喝甜茶，老媽媽她就打定主意要答應這門婚事；這是沒奈何的事。本地方像阿憨妹這種情形，誰不是找個男人送出去的？

「比憨仔大哥還大十歲！」老鬼皺緊眉頭。

「四十五歲是本地算法，叫虛歲。」同年哥詳加解釋：「照人家算法應減兩歲，他才四十三。」

「那，憨仔就只十四歲囉！」

「這……阿憨妹她……」

「妳看怎麼樣？」老鬼突然衝着她問。

「那個人身體……？」她轉問同年哥。

「沒問題，看他牛壯壯的，不賭不嫖，煙酒癮頭也不大，就差在年紀。」

「我看，身體好就不用計較那麼多。」她瞟老鬼一眼，然後像是說服自己：「只要好好過，再活二十五，三十歲不難；那時憨仔也四十開外。」

「……」老鬼那神情，不知誰得罪了他。

「這是機會，也是不得已！唉，我要是有這麼一個，還不是抓住誰就認誰！」

「孩子還小……」老鬼的禿頭垂得低低地。

「你們不能養她一生人！」

「……」

「我說過，機會哪！」

「我看沒有什麼好挨磨了！」她把心一橫。

阿憨妹的婚事就這樣決定的。她一個月來，耳邊老糾纏着自己橫下心說出的這句話。唉，這是天公的意思，前生註定要那個樣子的。能怪憨仔嗎？當然不能。也不好怪阿爸阿媽呀！這場婚姻，雖然有點那個，總比一生看人家臉色，給人臭臉臭屁股強！

所以，她總算平息了心底的一些搔擾。討厭的是這種道理，往往過一陣子就給忘掉；又得從頭推論，從頭說服自己。

「現在，就把喜事做得光彩些吧！」

事情決定後，她就拿這件具體的事來拴住自己的心。她把這個意思向兒子媳婦說，並要求寫信給散居各地的兩個兄弟三個妹子，趁憨仔出嫁，回家聚聚；幾個近親也得通知一下。這是規矩，也算給小妹妹一點光彩。

「把憨仔送掉，也替你們減去一大累贅！」她說。話一出口，心底的火就陡地冒起來；這股火一半是撲向自己的。

然而兄弟暨娌嫂們的態度很堅定，決不舖張；理由似乎也很充足：一個半瞎半癡的，嫁一個可以當爸爸的，越少人知道越好。

「老頭子，你要講話！不能讓他們這樣對待憨仔！」

「唉！」老鬼只會搖頭和搖手。

「這樣對不起憨仔！你我做爸媽的也……」

眼前的景物浮晃得厲害。嗯，對不起憨滿女兒啊！我這當媽媽的，好狠心！親生女，就當壞籮筐抛給撿破爛的！唉，不狠心又能怎麼樣？大家都是這樣的……

——憨仔還睡得這樣甜熟。憨仔不會怪誰，也不會恨誰的。再三幾個鐘頭就要被帶走，當新娘子，嗯，新娘子。憨仔，還睡得這麼熟！

「憨仔，妳一直這樣睡也好。」她想。

阿憨妹就在這時刻却醒了；左邊眼睛領先睜開來。那是一顆爆開，整個花白的大眼珠。

「啊啊！不要我不要——我要吃蛋——嘓！」

「……？」

「嘻嘻！吃蛋，嘻嘻！」

「喂喂！還在目睡狂！起來起來！憨仔！」她伸手揪阿憨妹的耳朵。

「我不要，唔，就不要！」阿憨妹拳打脚踢，在床上耍賴。

她揪住阿憨妹的耳朵，像端小飯鍋那樣硬給「提」起來。憨妹斜坐床上，一白一黑兩顆眼睛眨呀眨地，這才似乎眞醒過來。

「把口水擦掉！」

「阿媽！嘻嘻！做什麼？」

她說趕快洗臉刷牙，吃點東西就要上妝打扮了。阿憨妹問什麼「上髒打捀」？她說要穿漂亮衣服當新娘子。阿憨妹問什麼是新娘子。她說，新娘子是嫁丈夫的意思；今天起就有丈夫了，就是嫁那個叫楊漢才的。阿憨妹說不要丈夫，要爸爸媽媽就好。她說女人都要嫁丈夫的，不然會餓死。阿憨妹側着頭想了一陣，然後說那嫁給爸爸好啦。

「下床！給我快洗臉刷牙！」她大喝一聲。

「好好。我去。不要……」阿憨妹跳下床，溜出去。

全家大小都起來了。早飯後，她綁好三隻鷄兩隻鴨，煮一鍋開水，不吭不哼地提起菜刀就要下手。三媳婦眼尖手快，把兩隻鷄兩隻鴨放掉。

「阿羣英妳，做什麼？」她直吐氣。

「一隻就夠了。又不請誰。」

「我說不夠！」

「我們不吃，全給憨仔呑下去好啦！」

「不行！阿鳳仔阿梅她們，我通知了！」

「嘿，我忘了，」老三接上腔：「前天鳳姐捎信來說，她們幾路人馬都不能來。」

手上的菜刀硬是把不住了，是老鬼接過去的吧？他宰雞做菜樣樣在行的。她踉踉蹌蹌走進女兒的臥室來。阿憨妹拿着水粉餅和唇膏——全是昨天求大媳婦買回來的——正在桌上塗畫玩耍；臉上紅一塊白一塊地。

「憨仔……」她把東西搶過來，再也說不出什麼。

「阿媽：這些是我的嗎？還有新衣服？」

「……」她勉強點點頭。

「阿媽，妳做什麼哭？」

她提起衣袖印印眼睛面頰。她幫女兒從內衣內褲起全換新的；那配着幾條帶子的胸衣，裏面還有兩個軟軟的小笠帽，穿戴方式不大有把握，只好央求大媳婦幫忙。接着化妝也一併由大媳婦動手。

「嘻嘻！好好看！我，嘻嘻！」阿憨妹開心得很。

「不要笑，新娘子，端莊一點。」大媳婦說。

「新娘子就不要笑呀！那我不當新娘子，我要新衣服，擦擦臉！」

「別鬧！不然小心竹板子！」老媽媽只好搬出絕招。

現在一切就緒，當媒人的同年哥也來打了招呼；氣人的是在外頭的兒子媳婦，嫁出的女兒，眞的沒回來，近親密戚也不見一截影子。一定是阿生他們搗了鬼！她想起老三剛才說話的神氣。

「都妥了吧？人家快來了。」老鬼走進來。

三媳婦端進來一碗熱騰騰的鷄肝鷄肫湯，還加些鷄腿肉片。三媳婦笑嘻嘻地說，阿爸眞會煮哩。

阿憨妹雀躍着。老媽媽趕緊拿一塊大手巾給圍脖子，然後才准許動筷子。

「阿爸，阿媽，給一點點你吃好嗎？」

她和老鬼同時搖頭說不要，兩個人就靜靜地坐在一邊看女兒吃。她不敢看老鬼一眼，老鬼大概也不會看她吧。女兒出嫁時要吃一副鷄肝鷄肫，表示女兒是心肝肫（珍）寶。這是本地的習俗。我把憨仔當心肝珍寶嗎？她想。心口一陣收縮，很想趴伏在地上，或者怎麼樣逃遁一下。

女兒剛放下筷子，老鬼就回客廳了。因爲迎親的計程車已經在門外。她再把大媳婦拉來給補一下妝，這小憨仔却吵着要再吃一碗——說沒吃飽。

「憨仔，不可以！」老媽媽只得小聲哄拐。

「我要吃嘛！」

「今天少吃點，晚上在人家那裏，也不能吃太多。」

「阿媽說——是我老公那裏？」

「嗯。一定等明天才可以多吃。萬一吃壞肚子……」

「唔，阿媽一起去嗎？」

「傻瓜，阿媽不去的——將來會去看妳啦！」

「那——我怕！」

「怕什麼！妳有了老公，知道嗎？老公會疼妳的。」

「會不會打我？」

「不會啦！不過妳要——他叫你怎麼樣就怎麼樣。」

「打我，我就和他打，好嗎？」

「不會啦！記住，他叫妳叫什麼妳都照他說的做……」

「打不贏他，我就跑！」阿憨妹咬牙瞪眼。

「男人有時候很野蠻的，妳乖乖地就好……」

「我不怕他，我還會用咬！」

她還想多教導幾句，但牽新娘的已經探頭進來。阿憨妹突然顯得很莊重的樣子，木木地走出臥房。

「憨仔……」她忍不住喊。

「阿憨……」老鬼也喊。

阿憨妹一直就那樣木木地聽從人家的安排，除了沒穿過硬底鞋子，走起來搖晃不定外，其他表現，意料之外的好。

阿憨妹被新郎官和一個中年婦人扶着，走出客廳，走出大門；不回頭，也不瞟誰一眼。可是要上紅色禮車時，突然掙脫兩邊扶着的人，往右邊跌跌撞撞跑過去；那邊有一棵杯口大的榕樹，她突然抱住它不放了。

一場小騷動，小意外。三分鐘後阿憨妹被推上車子；撒下斷斷續續的哭叫聲，終於奔向新的前程……。

* * *

鬧鐘猛響。是六點半。阿憨妹的腦袋埋在枕頭下；一隻大腿露在蚊帳外；睡得死死地，楊漢才已經推她好幾次，就是弄不醒她。

「妳起不起來——」楊用力扭擰她的小塌鼻子。

「唔……做什麼！」總算醒了。

「快起床煮飯，晚了！」

「我還想睡！」

楊不再動口，揪住她的亂髮使勁搖晃，她哇哇大叫，翻身倒退爬著下床。

「死老！」她向他伸舌皺鼻擠眼，並做一個吐口水的動作。

她先找到拖板鞋，然後扣上敞開的胸衣扣子；乳房不成比例地豐脹著。肚子圓圓地，有點凸起來。

「煮一碗半米。不要再錯了！」楊說。

好嘛。她說。她把鍋裏昨天的剩飯倒進水槽裏，不再洗刷就放進一碗米；想了一想，又再量一碗米倒進去。

她把鍋子盛滿水；洗好米後，只把淘米水倒掉一半，就用那「原湯」煮飯。

楊不知什麼時候就站在廚房門口看她操作。楊把她推到一邊，然後關熄瓦斯，倒掉「原湯」，重新洗米、換水、下鍋。

她看這一下子看那一下子地，趁楊蹲下去生火時，打開菜櫥檢起一塊煎豆腐就要擱進嘴裏。

「叱！去刷牙洗臉！」楊一揮手把煎豆腐打落地上。

她走進洗澡間發呆。楊大聲說：等一會檢查到沒刷牙，一定不讓妳吃早餐。她回過頭來又做伸舌皺鼻擠眼的動作；突然傳來脚步聲，她這才趕忙倒水漱口。洗刷完畢後，她就坐在桌邊，張望廚房，瞧瞧桌面，吞口水。

吃早飯時，她把花生米醬菜擱進碗裏，斜坐椅子，把視線投向右下方；不和楊面對面吃飯。

「妳能不能坐好些嘛！」楊惱火地放下筷子。

「我不要看到你！」她低頭吃稀飯。

「又是這一套——怎麼能不看？」楊笑着。

「就是不看。我怕」

「怕什麼？哈！肚子都這麼大啦！」楊的目光落在她的胸腹間。

「哼！我的肚子，要你管？」

「我的寶貝孩子親血脈在那兒哪！能不管？」

「見鬼！有什麼孩子？我不要孩子，打死他！」

楊慌了，趕緊說好話賠小心，但是她越發不讓人，直嚷要把肚子裏的孩子趕出來。

「妳亂來試試，看我打扁妳！」楊擺出嚇唬的架勢。

「……那，不要打我，我不敢啦！」她頓時氣焰全消，畏畏縮縮地離座想要溜開。

楊還是繃緊臉，冷冷交代：要她乖乖在家裏，買了菜就不許出去一步，不然打斷她的狗腿。

她又一步步反抗；她說不要在屋裏，要跟去。楊說：妳這小傻瓜大白癡，說過幾百遍了，磚窰裏又悶又熱去不得——再囉嗦可要揍人啦。

一聽到要打，她又恢復到原先那個怯怯的樣子。楊騎破脚踏車離開時，她站在門口癡癡目送那微駝的背影。她一面揉眼睛，一面吱吱嘖嘖用髒話罵人；罵一陣子後，却又笑了。

「殺摸哩多小矮呵——啊！殺摸哩多小矮呵——啊！」

她開始哼唱兩句流行歌，反覆又反覆。左右鄰居太太走過來對着她指手劃脚；有人誇她唱得好，她就學歌星搖擺的動作，不斷搖晃圓圓凸起的肚子。

「楊太太，小心把肚子裏的孩子搖下來喲！」

「才不會呢！肚子裏很多飯，沒有孩子！」

「眞的，要小心，那是妳老丈夫的香火哪！」

「哼！丈夫個屁！」她拍一拍肚子。

婦人們問她怎麼會討厭丈夫？她說他很兇打人很痛。她們說養一個胖娃娃他就會疼她了。她說不要生孩子；她又說不是他的，她不要孩子。婦人們睜大眼睛問那是誰的孩子？她說是她自己的，但她實在沒有孩子。

「喂！阿憨妹，妳的脚怎麼一浪一浪的？」

「我哥哥阿媽打的……」

「騙鬼——六七個月了還有痕迹？」

「楊漢才也打……」她把右手食指放進嘴裏儘吸。

「妳老公爲什麼打妳？」

「她說我好吃、好睡、亂跑，還有不會使他高興。」

「這個老鬼——一叢嫩草，到了手竟挑嘴！」

「他說我一點都不會和他玩……」她像要哭的樣子。

婦人們有的嘆息責罵，有的拿男女私室的話逗她；她有問必答，答得很有意思，引得大家哈哈笑。慢慢地，她又高興起來啦。婦人們走後，她在空蕩蕩的屋裏來回打轉。偶然地她注意到飯桌上三尺長兩指寬的木板——那是打她的工具，她楞了一下——木板下壓着三個小紙包，旁邊還有藍色菜籃哩！她突然緊張起來，提起菜籃拿着紙包就往外跑；房子的門敞開着。

「買菜買菜，沒有就用木板……」

臨時市場就在這附近。她走到菜攤面前找到甕菜。她說要這個。販子問她要幾把？她打開一個小紙包，裏面是一張藍色鈔票。她遞了過去。販子交給她兩把菜，她放進籃子就走。販子大聲喊要找一塊錢給她，她回頭笑笑說不要，販子也笑了。「買這個！」她站在豆腐店前面。

「要多少錢？」

她打開另一個紙包，裏面是一張紅色鈔票。她那爆開的花白大眼珠轉來轉去。一陣風捲過來，挾着濃濃的魚腥味。她單眼一亮，轉身就跑到鮮魚攤前面，伸手把那張紅鈔票扔給賣魚的。

「買什麼魚？」

「要買魚。」

「什麼魚嘛！」

「魚……」她笑笑，又把食指塞進嘴裏。

魚販隨便給她三條細長的魚。她打開第三個紙包，這才發現是一張藍色鈔票；她倒回去買了一塊豆腐。

「我會買菜的！」回到家門口，她大聲說。

她把買回來的菜都放在水槽裏。飯鍋就在水槽旁邊，沒有鍋蓋，還有小半鍋稀飯。她張望一下。菜櫥裏還有豆腐乳哩！花生米一定給那個死老吃掉了。

客廳的鐘卡達卡達響，沒有停，那麼——她把菜飯端出來，開始吃今天的第二次飯。她把楊漢才坐的椅子挪過來，兩脚搭在上面，舒舒服服地吃飯。稀飯不多，盛兩次半就剩幾顆飯粒了。她走進臥房看看，再到門口瞧瞧，然後提起飯鍋，沿着鍋緣，伸長舌頭舐過一遍，飯碗和放豆腐乳的碟子也這樣處理。

天氣很熱，日頭低低地掛在臥房外屋簷上。她走到大門口站一會兒，趕快跑進屋裏；臥房裏太熱，她就坐在客廳地下，上半身趴伏在藤椅上睡午覺。

醒來的時候，日頭已經跑到圍牆外邊。她大聲喊阿爸阿媽。聽不到回答；她又喊阿漢才，結果還是不見影子。

她爬起來，整理一下衣褲，溜出大門。大門關不緊，她拿塑膠繩子胡亂綑繞一下，然後揚長而去。

走進臨時市場。市場裏還是很多人。她一家挨一家地慢瞧細看。好幾次看到白頭髮的婦人老公公她就追趕過去；看清楚了不是要找的人，她便衝人直笑，吸食指，瞟人家兩眼，搖擺着身子。

日頭落入西山，天空一片紅霞，她站在下公園邊一隻廢汽油桶上；晚風徐拂，亂髮蓬鬆；暮色重重中她被染上一身錦黃。

「啊！阿漢才！喂！」她發現要找的人。

她奔過去，從後面拉阿漢才的手。這個男人一轉身——竟是一張陌生臉孔。神經病！男人說。

不是阿漢才？這個死老呢？她轉動一白一黑兩顆大眼珠慌張四顧。天色漸漸黑下來。她認好方向，飛跑回家。

阿漢才呢？這個死老就站在房子的大門口；他兩脚分開，兩手插腰，兩眼死死地好可怕。她站在門口沒有動。他低吼一聲要她進去。她還是不動。他衝動來，將她一把拖進去，又用力一壓；她坐在客廳中央地板上。

「跑到那裏去，說！」這個死老的聲音全變啦。

「沒，沒有！」

「看！看！」死老瘋了，亂跳狂叫，不知幹什麼。

「……」她只看到死老的兩隻跳動的脚。

「看到沒有？電視、冰箱、衣櫃——他媽的！」

「沒有啊？」她說。

「當然沒有！被小偷搬走了！」死老忽然揪住她的胸口，把她提起拉過去，靠得緊緊地。死老的鼻孔好大呀！

「說！是不是妳搞的鬼？」

「鬼？沒有啊！」

「是不是妳帶人來偷的？」

「沒有！我不敢偷！」

「妳不敢，別人敢！」

死老全身發抖，還有汗水。死老把圍牆門大門關好後，一面逼問她，一面找出一綑紅色的繩子，把她綁在廚房門上——雙手反綁，繩結吊掛在氣窗窗櫺上。

「嗚嗚……我沒有，我不敢！」她哭着，掙扎着。

妳一定有問題——妳嫌我老，罵我死老？妳一定要說出來，怎麼領人來抬走的，藏在哪裏。不然打死妳！孩子我也不要啦！電視機、電冰箱，三年分期付款啊！死老那樣子，她從未見過。

她一直喊不知道，沒有。死老拿起那支木板像往常那樣打她，後來又用手掌拳頭打。她哭一陣後不哭了，只在劇痛來臨時本能地嘶叫一聲而已。

死老不知怎地不見了，一會兒又出現了；提着酒瓶和一把花生米。死老開始喝酒，吃花生米。

「我，我也要。」她說。但是沒有說出來。

「算我楊漢才倒了八輩子霉，哈哈！」

「不要綁我，放我下來，好痛……」

我要揍妳！嗯，慢慢整妳！妳這白癡傻瓜瘋子神經病癲女人！死老說着說着，晃着身子走過來，慢條斯理地扭擰她的嘴巴，揪抓她的頭髮，然後又撫弄她的胸脯……

她不再喊叫，不流淚，不看什麼。她就那樣半靠半站地被綑綁在厨房門上。

死老不再咆哮了，四周靜了下來。後來四周突然一片漆黑！片刻之後又柔柔地明亮起來。

「死老呢？」

柔柔的亮光是月亮。死老大概睡了，或者出去了。手臂痲痲地痠痠地——噯喲！好痛！眼淚又緩緩流下來。她仰臉回頭看弔住手臂的繩子，突然身體一側失去重心倒了下來，一陣劇痛自手肘傳來，繩子已經拉斷。

「我……」

她坐在地下不動。臥房裏呼嚕呼嚕響，一定是死老的鼾聲吧。

她困難地站起來，死老是在臥房裏。

會說話有人頭的箱子呢？還有冷冷的那個白箱子呢？

「給我找回來！找不回來我要妳的命！」死老說的。

她到厨房看看，沒有吃的；桌上的花生米只剩下一堆皮。她一直找不到吃的。

她在臥房門瞟一眼，往裏面走一步就退出來。

月光好柔，月亮好美，外面好好……。

她放輕步子走出大門；大門還是關不牢，她再進去把那卷剛才綑她的繩子拿出來，纒好門板；她把剩下的繩子放在小樹下。想一想，不行。她終於把繩子別在腰帶上，走出去。

柔柔的月亮由頭頂而臉面而臂膀，涼涼地塗下來，一直到全身都是銀白色的。她旋着脚跟走得很輕快。

路上行人不多也不少，她朝比較亮比較寬闊的地方頭也不回地走去。

好像背後有急促的脚步聲。那是常聽到的脚步聲。她儘量走得快些；她快，後面的脚步聲也跟着快。她用跑，後面追來的也跑。驀地，左右兩邊傳來同樣的脚步聲。

「不要，不要，我不要啦！」

不好！前面還有一個阿漢才那個死老！前後左右好多個死老！他們的脚黑黑粗粗像電線桿那麼大；兩隻四隻八隻又兩隻，好多好多。他們張開大手臂，笑着吼叫着向她圍過來。

「阿媽！阿爸！」她喊。

阿媽阿爸不會來救的。她來到寬闊平坦的大廣場。這裏除了追趕她的好幾個死老外，不見誰的影子；他們手牽手向她圍過來。已經沒地方逃。

她碰到一隻粗粗的脚。不是脚，是電線桿；也不是，是棵大樹，彎彎曲曲枝葉黑黑一大片的樹。

她抱住大樹，死老的手掌就要抓住衣角了。她手脚並用，很快地爬上樹去。嘿嘿！死老不會上樹，現在可以坐下來啦！

好涼快，月亮就在鼻尖上。身上，大樹的枝葉上全塗着月亮。月光好多好多好近好可愛好涼快。

她替雙脚找到最好的位置，屁股也很舒服；雙手就擱在涼快的樹葉上。

死老阿漢才不會追上來了。什麼都不怕了，這裏只有一個人。這裏多好！

我不要下去！就不要！她說。她向月亮說。之後，她閉上眼，進入夢鄉。

（一九七四）

心酸記

工廠的宿舍就在前面。四層樓，中央系統冷暖氣設備，富麗堂皇而寬敞舒適。夜深了，門禁要費一番口舌；我不想進去。我什麼都不想，我要靜一靜。

淡淡的稻香隨風飄來。我的左右全是低垂的稻穗；雖然看不見，但是我知道，那是燦爛的金黃色。嗯，夢幻的金黃；在故鄉，每家的禾埕上，都堆積一個金黃的小山丘吧？

我要回去，明天就回去……唔，不，不回去。現在，故鄉對我還有什麼意義？屋後不遠處有綠竹夾岸的小河，伯公崗的小松林，罩滿野花的長隄……這些在我已經是供愁洩恨的傷心處！

我該離開這裏，走到離故鄉、離這個城市更遠更遠的地方，住下來，不再回首、不再記憶，像一片飄於西風的黃葉。然而，我能嗎？

我能夠的。眞的，我能——我爲什麼不能呢？我是個理智而冷靜的女孩，這是朋友們未曾發覺的我的另一面；就是相處四年的阿……也一樣。他和大家一樣只會恭維我溫靜而美麗。哼！我是這樣嗎？也許我長得不難看，但今後我是一塊冰冷的石頭。

喔，也許不，也許我會憑我的青春美貌，換取一些滿足與幸福——幸福？不再提這個字眼！應該說是憑它，向世上的男人報復；我要專找像阿……那樣充滿幹勁，野心勃勃的男人挑戰……。一切都過去了。剛才離開「小美」的時候，一切就已經結束了。阿……愣愣地注視着我離開嗎？他不會知道我默然徐步下樓的意思；他那種人不懂。不，也許他早不把我放在心裏了。是的，他就是這樣。那麼，小琪，妳是一個大傻瓜哩！哈哈！

今天下午五點半鐘，換班鈴一響，我便換下工作服，給早來接班的阿梅一個微笑，轉身就離開。阿梅投過來驚訝的一眼，我揚揚手大聲說「溜啦」；可是機器的聲音這麼大，她聽不到的。奇怪，今天這個大怪物的卡達卡達聲蠻悅耳哩！

我想我的臉蛋兒，一定嫵媚而動人，因爲我心中充滿了甜蜜和喜悅！理由很簡單：阿松來電話，告訴我有驚人的好消息。

阿松是我的「城堡」；自從和他認眞相愛起，我就覺得他是我生命的「城堡」；我被父母親友認定爲軟弱的女孩，我需要最堅固可靠的城堡來保護。而他是一位很沉着的人；由電話裏傳來那激動與奮的聲音，我能想像出那是怎樣難得的消息了。他苦幹進取而有野心，比誰都懂得把握機會；他由一個完全外行的高農畢業生，進廠五個月就升爲印染部的領班，實在是出人意料。我知道他最深了，能使他這樣興奮的，一定和升級有關。

阿松英挺壯實的模樣兒浮現腦際，我心頭有一股甜蜜蜜的感覺。這不能笑我，選擇了阿松，是我一生最大的賭注，也可能是唯一的；看來我是贏定了。幸福的歸宿，粉紅色的日子就在眼前，我能不心花朶朶開嗎？六點整在「小美」見面。還有十五分鐘，我了解他急於見面的心情；就「豪華」一次吧，我招來一部計程車，向市區急駛而去。

我們是一年半以前——舊曆年初三，一起離開山城故鄉，來到這大城市「闖天下」的。那時候，和近年來的任何日子一樣，鄉下的男女青年像狂奔的野牛羣一樣，離開故鄉湧向城市，湧進各大工廠。

我說我們像「狂奔的野牛羣」，是因爲看了一部美國西部片：看到那廣濶無邊的原野上，黃塵滾滾中奔馳的野牛羣——心有所感而發的。不是嗎？故鄉的綠野田園，不斷被灰色的鋼筋水泥建築所呑噬；耕地減少，人力剩餘，這裏越來越不需要我們。爲了生活，我們必須狂奔他方，奔往大城市近郊林立的工廠；那裏可以大量容納我們，讓我們能夠生活下去。更何況，大城市是一個充滿機會的地方，可以在那裏追求理想，施展抱負。至於像我這種女孩子，只是盼望領略一下外面五彩繽紛的奇妙世界罷了。

阿松從部隊退伍下來已經一年。這一年中，他一直愁眉不展。他有四兄弟，他是老么；二哥在本地小鎭上販賣水果，三哥在鐵工廠工作；家裏一甲多水田由父母和大哥耕種。現在翻田插秧收割，全由機器操作；水稻不再除草，因爲有除草劑一撒就不長雜草了。就這樣，阿松成了十足的閒人。

有人勸他學做生意，他說他不是那種料子；有人勸他培植山蘭，然後做蘭花買賣。聽說那是一種投機事業，很能賺錢。

「那是老奸巨猾的人才搞的！」他很生氣。

「好好培植，規規矩矩做買賣，有什麼不好。」我說。

「等三十年後再說吧！我還沒老哩！」

我心疼地凝看他。唉！小鄉下，實在不適合他；在這裏他能做什麼呢！看他多苦惱！

「阿松，別煩惱，慢慢來。」我安慰他。

「小琪，我——對不起妳。」他突然這樣說。

「怎麼這樣說？」

「我……我沒有出息！」

「你？……怎麼這樣說！」

「看！我這樣沒出息，我配不上妳。」

我伸手摀住他的嘴。我不許他這樣說。他却把我的小手放在他的巨掌裏，還直嚷着配不上。

他是我的「城堡」，但有時候他是一頭牛。

我高中畢業，照一般人的「習慣」，所謂「往上爬」的心理，總要想辦法找一個戴方帽子的對象，這才夠光彩。也就因爲這樣，阿松總是被一份自卑感糾纏着。

他說：小琪，我一面對妳就覺得無地自容。想到妳的情人居然這樣沒出息就難過。我冷冷地說：還有嗎？他說：我不能這樣拖累妳！我說：怎麼樣？他無聲沒息好久才說：妳可以不理我，我絕不怪妳，妳該有更好的男孩……

「阿松，別說了！」我大叫。

這個蠻牛不再吭氣。突然，我的手臂沾上幾滴潤濕的淚水。傻阿松竟然哭了！

「阿松，實在不該說誰不配誰的話了！」

「……」他猛搖頭。

「例如說，你也可以出去闖闖啊！像你三哥就不錯！」

他說：進工廠他也想過，只是從頭來覺得太慢了。我說不慢；我拿許多例子鼓勵他。他心動了。

我知道他必須換換環境，那怕是冒大險也好。我說，我在農會裏的臨時差事可以辭掉，反正那數鈔票的工作，我也索然無味，我願意陪他出去闖。

「小琪！」他激動地把我抱了起來。

「你——放開我。」

「小琪，妳太好了——我就是不能離開——妳……」他像一個撒嬌撒賴的大孩子。

「就這樣，我月底辭職跟你走！」說到跟他走，臉頰驀然火辣辣地。

「行嗎？阿伯，伯母，肯嗎？我們又還……」

「你可以求婚呀！訂了婚再走。」我好放肆，我從來沒有這樣大膽過。

他的眼睛睜得又圓又亮，過後，黯然低頭。他說現在不能訂婚，一定要有點成就才行；他絕不能太委曲我。好吧！我說。男人是不可思議的動物，口口聲聲說不能委曲人家，不能怎麼樣；他想到的只是可笑的皮面罷了，爲什麼不能全心全力關注相愛這個事實呢？

總之，我一切都依他，我們離開故鄉，順利地進入這個大工廠工作。一個月後，他跳槽到另一家性質相似的工廠。我們愉快地生活着；工作，約會……。

——而等一會兒，阿松就要給我一個驚喜的消息！

我準時到達「小美」門口，阿松却已經眼巴巴地站在樓梯口等着。

「上去吧！」我說着並領他上樓。

這裏的情調很好，阿松特別喜歡這裏的咖啡；雖然貴一點，我們寧願盡量節省別的開支，每次都到這裏會面。

「小琪，今晚妳好美。」他沒頭沒腦地。

「怎麼，只是今晚嗎？」我逗着他。

「我是說，」他揉揉鼻子：「我今晚特別高興，所以……」

「你這種人最自私了！」

「小琪，我說不過妳的小嘴。」他窘然。

「快說吧，什麼天大的消息？」我裝成一付漠然的樣子。

「先別問！」他說。他有時候是很霸道的。他不管我肚子是否裝得下，替我叫來兩份我最愛吃的芒菓冰淇淋，外加天使蛋糕、桃酥餅……他自己還是一杯濃咖啡。

「你？這樣多花錢！」

「吃吧！我們今晚要慶祝一番！」

「好啦！告訴我，是不是榮升總經理？」

「嗯，差不多！」他笑得很開心。

「別吊人胃口，快說嘛！」

「聽着，」他霍地站了起來，煞有介事地提提香港衫領子，然後彎腰，湊在我耳邊，壓低嗓子說：「本人從下月一日起，是南環紡織公司中和廠印染部副主任！」他說完給我淺淺一個鞠躬，像一個紳士。

「這，怎麼可能！」我內心在狂跳猛撞。

「事實上，確是這樣！」

「你……不是哄我吧？」

老實說，我很難相信。試想想看：憑一個高農畢業的新進工人，一個外行人，怎麼可能平地春雷，一下子躍升這麼高呢？然而，我的「城堡」就在眼前，他那種神情絕不會是逗着我玩的。我陷入夢幻中。

「妳不相信？」

我，痴痴地望着他。

「我目前不是印染部的一個領班嗎？」

「是呀！你只是一個領班！」

「領班——這就有表現的機會！」他的雙眼閃爍着光彩。

他提醒了我：剛進工廠時，他就買下了幾本書；那是有關品質管制和工作效率之理論與實際的書籍。他說他已經把它讀得純熟，已能領悟其中的奧妙。當上領班一個多月，他就悄悄地向部主任遞上一份建議書：染印輸送線人員位置的改進芻議。當時部主任大吃一驚。這個建議書很快地經過研究發展部呈到總經理手中，然後付諸實施。一個月後，證明這項改進使輸送率提高百分之九點二。

「總經理單獨召見我，說我是天才！」

「就這樣你升上了！」

「嗯，就這樣。總經理還說……」

他滔滔不絕地說下去。那樣子，何止是得意忘形，簡直是狂妄而瘋癲啦。不過，這也不能怪他，多時抑鬱，一朝得志，誰不欣喜若狂呢？

「阿松，先靜靜，吃點東西——別沖昏了頭。」我柔和地說。

「小琪，妳高興嗎？」他握緊我的手。

「你說呢！阿松，總算……」我說不下去。

「小琪妳怎麼哭啦！」

「我沒有！」我笑。是的，我應該笑，我太高興啦！

他拿出小手帕在我眼眶邊和臉頰上沾了沾。他柔情地凝視着我，我不好意思地低下頭。但我知道他的視線一直沒挪開，他唇邊還漾着滿足的笑痕；我想我也一樣吧。

「小琪：我深愛着妳，妳知道嗎？」他說。

「阿松……？」我不知道他的思緒怎麼跑到這方面來。

「小琪：我愛妳，沒有人能奪走我的心！」

「阿松！」我還不知道他怎麼啦？

「小琪……讓我告訴妳一件事——一個很好玩的事。」

「……？」

「我們經理部有個大眼睛的會計小姐。」

「哦？」我心頭掠過一絲異樣的滋味。

「她長得不難看，她好像很喜歡我——很好玩。」

「不錯嘛！怎麼說好玩？」

「她總是找機會想接近我，約我看電影。當然我從沒理她。」他笑笑，樣子有點忸怩；我很少看到他這種神情。他繼續說：「我告訴妳這件事，是向妳表白……」

「表明你有吸引力！」

「不，不是這樣，我是說：我深深愛着你，永不變心的。」

「謝謝你……」我張嘴，緩緩吐氣。

「不論怎樣，不論多大誘惑，我不會變的。妳知道嗎？」

我沒回答。我閉上眼。我要好好養一會兒神。

阿松他，居然向我說這種話！我的心，像被一根尖銳的針慢慢深戳下去。我呻吟着。

阿松，我們是一對相愛四年的情侶，我們已經誓結鴦盟，你又何必跟我說這些？你向我炫耀別的女孩對你青睞，我只覺得好笑；可是你因而向我表白愛心不變，這，使我心酸。阿松：你爲什麼要說出來呢？是向我保證，還是提醒你自己？阿松：我們深深相愛，這就夠了；你爲什麼要表白，你爲什麼？

我的心，鮮血淋漓；我清楚看到：它，一滴滴往下滴落。好酸，好痛，好迷惘，好空虛。我心已碎。

「小琪！妳？怎麼啦？」

「沒有。有點睏。我想回去了。」

大概很出他的意料。他又說了很多話，好像包括愛情、家庭、事業抱負等等。我吱唔着，我只能這樣；我盡力掩飾自己，我心頭受到的創傷，絕不讓他看出絲毫，甚至於我願「表現」出對他的保證很「感動」的樣子。

我不知道我是否露出了破綻。我極力忍耐；我使今天的約會，看來是在自然的情形下結束的。

這是我的初戀，唯一的戀情，唯一的情人；如果不是他顧忌太多，我們早就訂婚，說不定甚至結婚了。不要笑我，其實，心底裏我已經默許了，對他，我不再保留什麼……。

多可笑的表白，多可笑的效忠宣誓！我寧願只覺得可笑，寧願只認爲他幼稚；他不懂得怎樣表達愛情。然而眞是這樣嗎？可憐的小琪啊，妳在自欺罷！更何況，愛情不用表達，對方自自然會感覺到的。

也許我不該感到這是委曲或絕望；男人大概都是這樣，或者人都是這樣。

也許我自己有心病：以往跟他相愛，心坎深處就自以爲是一種委曲，一種「吃虧」。否則今晚的反應怎會這麼強烈？「愛他是一種犧牲，所以他更不該對不起我」。是這樣嗎？如果是這樣，我也是一個大俗物，二流靈性的女孩了。果眞如此，我們彼此該「扯平」啦？我想是的，我祈望自己確是如此。

我默默走出來。阿松再見。我說。阿松：我的情人，我的大蠻牛，我的「城堡」——新上任的印染部副主任，再見啦。今天的約會，很有意思，很愉快，眞的……。

（一九七五）

生命之歌

——獻給從自己找到勇氣的人——

七點四十分。

××總醫院手術準備室外，一片淺綠色。老媽媽坐在長椅子上。老爸爸面朝窗外，猛抽香煙，二哥的視線緊盯着當牙科軍醫的三哥臉上；三哥低頭聆聽三位這次參與手術醫師的說明。

春陽飄灑在杜鵑花、玫瑰花上，燦然，眞美。陽光幻晃，時間推移，生命如潮汐——一回起落的潮汐，隨時光而幻晃，而前進，而過去。

「您說，開刀的成功率，只是百分之五十！」三哥再一次說。

「您不是外行！事實如此。」微禿的主持醫師說。

「百分之五十！一半……」三哥在自言自語。

「三尖瓣膜閉塞不全症，外加心室中隔缺水，唉！」

「這是科學的極限——我說目前確是如此。我們都盡全力，爭取這二分之一。」

「大夫……」二哥生硬地插上一句：「您剛才曾說，如果不開刀……您可不可以說個確切的時間：至少還能活多久？最多呢？」

「隨時都可能停止！」醫師的臉色漾着憐憫，眼神却是冷森的：「至於最多能再活多久？余小姐芳齡已二十一吧？我只能告訴你：得這種病的人，能掙扎到這數目，病例中不多見。我說，奇蹟！」

「當然，現在還可以放棄手術的！」另一位醫師說。

三哥回過頭，和二哥對臉幾乎擦上。他們都投以對方詢問的目光，卽又不約而同地向爸媽那邊望去。

爸還是木然直立，愕然凝視。不知什麼時候起，媽也轉過臉，向著外面；春陽被過深的皺紋夾住了吧，一臉陽光，還閃着粒粒水珠。

三哥搖搖頭，二哥回以點點頭；兩人同時悄悄吁一口氣。

這時手術室呀然打開，走出一位紅臉銀髮外籍醫師來。

「OK」他說。

「怎麼樣？」主持醫師向二哥說：「令妹一切已就手術秩序！」

「就這樣吧！」三哥乾澀地說。二哥只張開嘴，沒能發出聲音。

醫師們相互看一眼，邁開步子，向手術準備室走去。

「我……可以……？」三哥追了上去。

「你知道的！四個小時後見！上帝保佑我們！」和三哥同期畢業的醫生，揮揮手。

頓然，一陣沉寂，只有走廊下，窗戶外的陽光十分囂張；其他，全靜肅了。

「二哥！」

「賢新！」二哥同時發出喉音。

「這以前，三個，都沒成功！」

「啊！三個！」

「你說什麼？」媽問。媽站在背後。

「沒有！」兩兄弟同時說

「開始了？」爸沒再抽煙，臉上有些灰暗。

「開始了。」

* * * *

七點五十分。

麻醉醫師給余小姐交代幾句後，便匆匆穿過一道門，到手術準備室，參加最後一次「作業預演」。

這是手術室。余小姐躺在手術臺。她緩緩轉動視線，想看看麻醉醫師說的：頭上是照明設備，那是鐵肺，這是鐵心——將有四個鐘頭左右，就要靠它，代替心臟的工作。她問：那麼大，怎麼裝進去呀！怎麼把血液引到那裏，又用什麼管子再連起來呢？很簡單，很好玩！醫師說。醫師笑笑。她忘了自己是否也笑過，只記得醫師留下那句：

「再十分鐘，就要施藥。妳還有一次選擇的機會！」

「我知道。」她輕輕回答。一絲兒好久不見的不安感，倏地游上前來，她機警地把它抖開，於是她發出聲音來：

「媽！不要怕，安心等。我會活着的。」

那個心——「壞心」——又狂跳着。就那點漣漪也不許！腦際拂過一串柔細的暈眩，像撩過一抹兒微溫。頭頂上那照明燈罩，好像映着自己的淺淺形像。

「不是嗎？好蒼白！」她閉眼養神。眼瞼上，那張臉孔可就更蒼白——正是自己。沒有十四歲的小妹高，脚肚兒只有趕麵杖那麼大，手臂比剛滿月小侄兒的小！她的意念跳着，飛掠着。

「再十分鐘！十分鐘就不醒人事了，就……」她平靜地替自己把話頭接下去：

「就把握這十分鐘！讓這十分鐘過得完美些！」

可是完美在何方？自己這明月陽光下的一角陰晦污穢存在！

媽的淚汁，爸的嘆息，兄妹姐弟的眼神；自己的搏鬥以及吞聲暗泣……。

災難，是剛剛升上國校三年時降臨的。

「阿琴：妳心臟不好，身體這麼弱，待到五六年級才參加補習吧！」媽媽說。

「那不行！輸給人，怎麼辦？」她跳了起來。

「妳每學期都在五名以內，也沒看到怎麼用功，以後在家多讀就是了！」不愛說話的爸也說。

「不！我就要！要爭第一名！」

她是個倔強好勝的女孩，這時總是顯得少血的瘦臉上，一片艷紅，久久不退，眼睛睜得好大。

這個舉動神情有點不尋常。只感到一陣連珠炮似的東西，在胸膛炸開，也像幾十匹瘋牛衝進心房，心房被嵌上千萬玻璃片兒；心口一陣絞痛，她只哼了一聲腰腿一軟，身子打半個旋轉，側身倒在地上。

從此，她就輟學留在家裏，因爲始終沒痊癒過。

「這是先天性心臟病——三尖瓣膜閉塞不全症！」醫師這樣宣佈。

「怎麼辦？」

「開刀！唯一的途徑！成敗各佔一半！」

她偷偷聽了這個「判決」，她知道自己掉入無底的魔洞裏，可是不知道這話的眞正涵義。不過她很快就身受而明白了。

爸媽都不接受開刀的建議，他們不肯冒這個險，她自己也是；同時實在也湊不出那筆龐大費用。至於醫師也坦白表示：世界的臨床記錄是成敗機會均等；在臺灣作這種手術經驗不多——老實說，這二分之一也很沒把握。

爸媽開始遍訪名師，旁及一切中藥土方。結果只有眼巴巴看着天眞活潑聰慧伶俐的女兒，逐漸枯瘦，萎縮，到後來的形像是：一頭柔柔長髮，一層半透明的失血皮膚，裹着一把嶙峋支離瘦骨；在皮骨之間，是清清楚楚的大把大把青藍色血管。

「死了吧！死吧！我不想活了！」她絕望了！眼睜睜地，在牀上躺着，在庭院裏遲緩地移動着。她看著哥哥姐姐升高中，進大學，出國留學。

「不！我不要死！我要活！我要治好這病！」這是比對死神投降更絕望的掙扎。

「孩子！不要難過，不能急！我們會儘量節省，儲上一筆費用，替妳治好！」媽這樣安慰她。

現在，只有靠着那杳杳的希望，和向自己挖掘些勇氣來支持活下去。

這是個終年書聲不斷的家庭，每個男女孩子，都在最好的學府求學，只有她除外。她眼看著兄姐弟妹的苦讀，也看到他們求知滿足的愉快。她羨慕，她痛苦，嫉妒，流淚，她也在背後偷偷翻閱書籍——一個只唸到小學三年級的病人，默默地，偷偷地，在茫茫不可測的知識瀛海裏摸索著。

「我弄這些幹嗎？」她也這樣問自己。

記得那個月色很好的深夜，她悄然藏匿在門外，偷聽剛進初中的小妹學習英文字母發音。正聽得入神的當兒，背後傳來咳嗽聲——她絕不能受驚，所以家人要靠近她時，總要弄出些響聲。

她因爲這是「偷聽」，所以不由地心臟擂鼓般狂跳起來；身體倏地顫抖著。

「三妹——我，大哥——妳怎麼啦？」大哥先說話，然後由背面輕輕扶住她。

「大哥！扶我到——臥室！」

「這麼晚，還不睡？」休息一陣，好些了，大哥問。

「大哥——我，想——學！」她說，心，又狂跳。

「啊！妳說學英文？」大哥抑不住，提高了嗓子。

她點點頭，大哥走前來，凝視着她，還伸手抓緊她的可憐小手；她也把目光投過去。她看出大哥眼神裏，那分憐憫，那分疼愛——這些都漾在水份過多的眼眶裏。

「三妹：我教妳！我出國前，一定好好教妳！」

「大哥，我會一點了呢！初中國文、歷史，還有代數，我都看了一些……」

「妳？小學……？」

「國校六年級的書，我早看過了，也大都會！」

這回心臟沒狂跳，只是眼角癢癢地；使力眨眼，結果是視線越眨越模糊不清。——歲月，人間美麗的歲月：快樂童年，以至如夢青春，就要這樣溜過去了。當然，這其間，好多好多次，從心臟幾乎要停止的邊緣救回來。

「唉！這樣下去，等，等，等到什麼時候才能……」她想問媽媽，可是說不出來。已經二十歲了，長期和死神搏鬥著，她時時擔心那座無形的長城會不堪負荷，有天突然全部坍塌下來。那時……！

可是，事實擺在眼前，要十多萬元的手術費——爸媽爲這羣兒女，把能付出去的都已付出，包括產業，和心力，體力，換來的是兒女一個個成功，和自己滿頭華髮，滿臉如網如溝皺紋——不用提，也是不可能的。還有，那二分之一的威脅！

絕望，絕望，一切都在絕望中，然而，絕望中却出現了奇蹟：去年在國防醫學院畢業的三哥，帶回來一則消息：

「爸媽妻子，兄弟姐妹都可以申請免費開刀——器材藥物，買血由自己負擔就行。」

「那麼要多少錢呢？」老爸爸問。

「我算一下，五萬多就行。我們湊湊。」

「危險性呢？」老媽媽悄聲問。

「還是——二分之一，一半！媽……」三哥黯然。

「媽：我想，我要開刀！」她耳朵好尖，竟聽到了。

事情就這樣決定下來。第一步的申請手續辦好後，二哥三哥就帶她到總院作一次檢查，院方認爲可以開刀了，然後回家待命。

「開刀前，我們將再做一次精密檢查——『心導管試驗』，希望回家好好想想；如果不想動手術，還可以放棄！」主治醫師這樣吩咐。

「孩子，妳一定要手術，媽不能阻止妳，不過，媽要告訴妳：就是不去手術，將來我和妳爸老後，哥哥們還是會侍候妳的。還有，目前雖然痛苦，但二十年了，妳還是活着。萬一……」媽媽講不下去，只深情地盯住她。

「我知道！我知道！我還是開刀好，不管怎樣……」

「好吧！唉！一切，妳自己作主就是。」

媽曳着長長的喟嘆走開。這頃刻，腦際全是那句話：「一切，妳自己作主了。」是的！自己作主！她一再告訴自己。

腦際冉冉地，徐徐地，昇起越來越清晰的醒覺；那是對自己生命作安排的最眞實感悟，最切確體認。

她機伶伶打了個寒顫。

從未有過對於生命，生存，死亡，這樣明確地覺察過，接觸過。

也從未這樣怕死過，渴望活下去過。

回首二十年來的痛苦歲月，恍然間，她竟深深依戀回味著。

「噢！我……？」忽地，她極端軟弱下來。

她惶恐了，她惶恐著。倏然間，她發現被爸媽兄姐們丟在無人孤島上；驚濤駭浪，一片漆黑，陰風森森，鬼哭啾啾……。

如果開刀失敗……如果我死了，如果靈魂出竅，如果「我」就這樣消失，如果……

那個世界，是怎樣的呢？有鬼……鬼？我……？

噢！遠了，什麼都遠了，溫暖的家園，慈祥的雙親，友愛的手足，柔順的小花貓……還有這個「壞心」……

她，那明滅的意念，凝結成飛揚飄盪的幻象。她逃竄著，也追逐著；她努力要捕捉什麼，她伸手摸捉，想要抓住一點兒依憑，壯壯膽子，那怕是一段草根，一片浮萍！

然而，醫院通知來了！下星期一開刀。今天是星期三——前後還有五天。媽說：

「今天是舊曆二月二十三日，恩祖公生日，我去求一道符水給妳喝喝。」

「唔……」她突然又想到死，想到鬼，想到明年的「恩祖公」生日，自己已經……。一個奇異的念頭浮上來：

「怎麼不去廟裏求一道『靈籤』看看？」

她像找到了堅強的靠山似的，心情豁然開朗。到了晚上，她就自己一個人慢慢來到「恩祖公廟」來——人家十多分鐘路程，她足足走了一個鐘頭。她就照著媽媽嫂嫂常常說過「求籤」的方法，求得一張靈籤。

廟裏的「香公」，熱心替她講解：

「這四十四號靈籤：『五丈原諸葛禳星』……」香公看看弱小的她一眼：「小妹知道孔明禳星的故事嗎？孔明死在五丈原；看這靈籤，問病難的話……」

不知道是否聽懂了香公的解說，她離開廟，一直到躺在床上，意識圈裏是完全的空白，心臟放小鞭炮似地密集跳着，整個自己都陷入無知覺的機械狀能中。

什麼是痛苦什麼是快樂？什麼生的欲望，什麼死的恐懼，這時候，都成了陌生的迢遙了。

春天的夜空，很少能見到星辰高掛的；可是她看見臥室的一角天窗外，一顆寒星在閃光。

不知什麼時候，那顆寒星劃個弧線飛瀉而下，然後光芒盡斂——投入自己的「壞心」裏。她再揉揉眼，那顆寒星依然在天邊。

「我怎麼啦？我在想什麼呢？」這是她第一個恢復的意念。

然後她努力整理自己的思緒，追逐剛才那一段隱約能感覺出的時空裏的事物。可是，什麼都顯得不一樣了，不可認識了；連二十個逝去歲月的每一點點都是。耳旁，有一絲沉沉淙淙潺潺的微響，流動著，游移著。

我已失去一切依靠支持，所以一切依靠支持都不必要了！我的痛苦已經超過飽和點，那麼還有什麼痛苦呢？

我的恐懼已經越過了忍受的極限，我還恐懼什麼呢？

我這就面對死亡，死亡又能怎樣呢？

——這些幽幽的玄光，朦朧的亮點，無聲的巨響，不停地在腦際浮沉；她完全忘我地追尋著。

「明天一定是個大晴天！下星期一也一定是！」她告訴自己。

然後呢？然後我被扶上手術臺。醫師把我的左右手動脈割開，全身麻醉，做艱難的「心導管試驗」。然後是剖胸補心大手術……。

然後呢？然後沒有恐懼，沒有死亡！

然後：春陽依舊，鳥語依舊，玫瑰花香正濃……。

（一九六八）

一段相聲

這個我知道。四十出頭的人，還不懂忍一尺、退一步，家和萬事興的道理？千忍萬讓，十多年來我全力做夠啦；不怕你警官先生見笑，左鄰右舍，都背後喊我「怕婆娘的大海仔」；我實在也怕她三分，因爲我愛她，她人又十分能幹。

這個我也明白。看著她由一個美嬌娘變成中年婦人，漂漂亮亮的臉貌慢慢枯瘦，嫩嫩白白的指掌罩上一層厚皮硬繭：我何嘗不心疼難受！不，現在問題不在這裏。嗯。是她變了。變醜變老，我這個丈夫加倍疼她；萬一瘋癲了，我當掉牀板、短褲也要把她醫好。可是現在她變了心哪！變了心沒藥醫，我不能忍受；我的心給攪拌機給絞碎了。

我是木匠。你曉得年來各地蓋洋樓，就像釘一枚鐵釘那樣快法；工作是有日沒夜的，一年到頭沒有閒工夫，不過到年二十九，還是歇了工。人嘛！再忙，再拚命，還得要吃吃喝喝，還是要顧家庭、子女是不是？

那天我歇工回家，天全黑了，快八點鐘。嘿，老二和老三在門口邊打架，邊用髒話相罵；老四嘟噥自唱——聽清楚才知道是在哭哩，哭累了那聲音就有點像唱歌。好冷好黑。我很不好過，好像冷風猛地灌進胸口。做媽媽的在幹什麼，讓孩子撒野、受凍？

推開大門，把工具箱一放，看看她在厨房繡花還是描金？嘿！且別冒火罵人——是國中一年級的大女兒在低頭洗青菜哪！好單薄的身體，黃卡嘰上裝、黑長褲，就那麼扁扁的、小小的。我的心絞痛，好想把孩子摟在懷裏。

「阿婷，妳媽呢？」

「啊——爸，你嚇我一跳！」阿婷臉頰上，橫直有好幾道黑，是鍋灰吧。

「媽媽呢！」

「媽上夜班嘛！」

夜班，又是夜班。年二十九了還是夜班。我好疲倦。但是我得剷一把泥沙掩門口那堆大便，然後掃掉，然後替三個小鬼洗澡。面對那一大堆髒衣褲，怒火又上升。今晚我決定不洗它了，就讓它堆到年三十，到新年初一。

「大家吃飯喔！」大女兒大聲喊。

「嘿！快吃，很晚了，吃飽睡覺。」我把老四扶上椅子。

「我，不——吃！」老四噘嘴別過臉去。

「不吃不行，吃飽後快睡，明天就是過年啦！」

「我不吃，也不睡，我要媽媽！」

「是，我也要等媽媽！」老三也這麼說。

「不要這樣，阿蓮，小登，快……」大女兒看出我的臉色不對吧，儘向弟妹拋眼色。

「不！就不！我要媽媽！」

「不吃的，下去！」

我一直提醒自己不要發火，不要拿孩子出氣，可是我還是大聲吼。這樣也好，都不敢吭氣，坐得好好地低頭吃飯了。老四用小鐵匙，一歪一斜地舀蛋黃稀飯糊進嘴裏；舀幾下總要微微抬起頭瞥我一眼，是那樣畏縮、膽怯。我的喉頭哽塞着；胃液酸酸的，夠餓的，可是咽不下。我又不敢放下碗或停下筷子，那樣會驚嚇孩子的。

老三不一會兒就要放下筷子，伸手抓抓脖子，摸摸耳朵。其實這些是幌子，他是乘機看看我的臉色，探聽我生氣的眞假或多少。他一直用腳指撩撩勾勾老二；老二看姊姊規規矩矩的樣子，也不敢放肆了。老三是四個人中最多花招的小調皮，但調皮得可愛。

孩子，你們笑吧！我不忍心這樣做，我在心裏說。我不該把你們嚇成這個樣子，我不該這樣兇。喔！請原諒爸爸！這都是我不好；不會賺大錢就不該生這麼多孩子，可是這又有什麼辦法，不該讓婆娘去工廠做工，但這也是沒法的事，但她不應該……

扒淨一碗飯，我再喝半碗魚湯就離開桌子。我還想吃兩碗的，但想到讓孩子們輕鬆點吃吧，我便站在小院子發楞。籬笆外，鄰家孩子們在放鞭炮。現在的鞭炮好響，小時候哪聽過這麼大聲的？只有空襲時山外傳過來的炸彈聲音才這麼大。我不肯讓孩子們玩這個——最重要的是把錢炸掉，這不是好家風哪！

小院子本來種好幾種花的，今年春節一種都沒趕上；龍吐珠只是瘦黃葉、瘦枝梗，萬壽菊、大黃菊一朶也沒開，彎腰裂頸，眞是窩囊！這全是……唉！

——花這些廢腦筋幹什麼！還是早早睡吧！養足精神明天好準備些鷄、鴨、魚、肉；總得給孩子們弄些吃的；「阿公婆」和伯公廟的牲儀絕免不了；我是木匠，祖師爺那一份也一定要。二十九晚上十二點，照道理得祭天公、上表章哩！我就不知哪年開始給停了；不是忘了，是忍着停掉的，做工人，子女又多，我想天公總會諒解吧。我看現在；連半斤鴨蛋都還未買哩！

啨！說好不想惱人的事，怎麼又想呢？專心睡吧；想專心睡一定睡不著的。那就想些歡喜的事吧。有什麼歡喜的事？沒有，就是沒有。那就想想……這也沒什麼好想頭。不是嗎？白天自己累得半死，已經有氣無力，她更是一躺下來就像一條死猪，嗯，一條鼾聲嚇人，任你怎麼撩撥也沒用的死猪。這還不打緊；有時候妳當妳的死猪，我幹我的木匠，醒不醒是妳的事。可是，慢著！想着四個孩子像一串泥鰍，不，是四條蛇，纏繞著我的脖子，就快要斷氣啦！還敢再弄出一個老五來嗎。寒心。一直寒到屁股還直透脚指尖。不是有啥避孕傢伙嗎？哼！告訴你：我家老三是衝破兩道避孕關卡出生的。改吃藥片吧，糟的是一年之後，她開始有不良的反應，不能吃。好，老四搭上特快夜車上門了，就是這樣。這不怪誰，能怪誰嗎？也不能怪自己，要怪，就怪自己是個人，麻煩的人。所以……

所以十二點了，我還是睡不著。嗯，她該回來了。我起牀。深夜十二點。喔，她也夠辛苦的，我想。我決定多穿件衣服，騎破脚踏車去接她。嗯，應該去接她。可憐的女工，老女工囉。快去接吧。我輕輕推開門……。

「爸，你？……」是大女兒，她站在臥室門口。

「怎麼起來？」

「爸要去哪裏？」

「去……接妳媽媽。」

「喔，不能去接，媽說還上大夜班。」

「開玩笑！小夜班連上大夜班？」

「是媽說的，趕工。」

「趕工，這樣趕法？」

「媽說春節到了，不趕不行——不許不加班！」

我關起臥室的門躺在牀上，直直躺著；我知道我躺得有多直。

這個女人眞的是加班嗎？小夜班連大夜班，不眠不休到——現在是年三十了。有這種加班法嗎？到底是這個女人說鬼話，還是老闆的血都結冰塊啦？

我不相信，我眞的不相信……。可是會嗎？不會啦！她哪裏是這種人，夫妻十幾年，我還不明白她？

只是阿蓮很美是眞的；孩子這麼大了，她又天天趕粗活，可是她還是那個樣子；不很白也不太黑，身子實實貼貼的飽飽滿滿的，嗯！電視上說叫做「豐滿」，她並沒吃過什麼「通乳丸」哩。就是那樣豐滿豐滿，嘿嘿，豐豐滿滿。「彭大海啊！想不到你這個臭木匠，倒有個鮮花般的婆娘喔！」誰這麼取笑我的？唔，不止一個，好多嘴角長暗瘡的都這麼笑過我。

大海：阿蓮是一朶鮮花插在牛糞上哪！

什麼意思？哼，你這是罵我、損我？我想是這樣吧。

眞是這樣嘛！嘖嘖，可惜喲可惜喲！

……哼哼，這些混球！

我說大海，好花必得有金瓶裝呀！

……哼哼，狗屎混球！

花香招蝶，這句話你懂不懂？狂蜂浪蝶得提防啊！

是嗎？我說。我趕緊作一個動作：哈哈大笑。哈哈！這些無聊得捏脚指臭味來嗅的。呸呸！

老實說我很氣，氣過了又覺得頂好笑；笑完了呢？我是氣也不是、笑也不對勁兒那樣。是嗎？阿蓮眞的這麼動人嗎？這個……這個我第一個承認。哈哈，阿蓮何止美麗動人，實在是一個妙人哩！我是丈夫，我最知道。別人看不出嗎？檜木是檜木，柳安木是柳安木，騙不了人的，也瞞不住哪！我的婆娘阿蓮這樣惹人、引人、迷人，可眞危險哩！古人言，木柴怕燒，女人怕挑，燒久就著，挑多就騷，這樣看來，倒不可不防啊！

要怎麼防？老實說，進工廠的那些男工都不是好東西！每一個人都是一臉邪相，褲管窄窄的，腰帶落在肚臍眼下邊，錦蛇腰，山猴臂；肩膀塌塌的，就是懶懶散散，三天沒吃飽，三天沒睡夠的模樣。說他沒精打彩？嘿！看到女人精神可大啦！咧嘴睜眼，油膩膩的瘦面頰都在發光！唉唉！和這些男人混在一起，上班、下班、小夜班、大夜班，這……

這我眞不放心。我老早老早就不放心囉，只是我裝著忍著罷了，我騙自己；人有時候總得要騙騙自己，自己最難騙，也不能不騙嘛！我就那樣懦弱！想起來我也眞是的，我實在不該再這樣裝下去的；不放心就是不放心，並且表現出來，做出來——不過，唉！現在還來得及嗎？小夜班連大夜班，他媽的騙鬼！有這樣大夜班嗎？當然，當然，我希望是眞的，那豬腦狗腸的老闆，最好是昧盡良心，讓阿蓮和所有男女工都加班到現在，那樣阿蓮就沒危險了，唔，該說我這個臭木匠，這個破陋家庭才沒危險！

危險不危險都定啦！現在是凌晨——五點多啦？我這還胡思亂想什麼，到底睡著過沒有？睡吧，睡一陣子好起床弄飯給孩子們吃，然後得準備些過年的——唉！阿蓮這個死女人！死查某！她是討便宜的，要我這個丈夫當下女！

可是我怎麼睡得著？眼眶好熱、好癢，它就睜睜地不肯闔上。那麼還是起來吧。去接阿蓮。接阿蓮？呸！還去迎接她？不，不是去接她，去看她，看她眞加什麼班來！怕什麼，事情總要弄清楚的，長痛不如短痛……。

孩子都睡得很熟，被子蓋得好好地。可憐的乖孩子，是爸爸沒出息。唉！

我輕輕帶上門，自動鎖「卡」地一聲好響亮。我站在門邊聽聽孩子們沒聲息然後才離開。好冷。我該多穿一件外套，不過算了，把孩子吵醒麻煩。阿蓮不知道披上那件黑襖沒有？喲喲！眞要冷死人哩！從未這麼早起來不知道，這凌晨的寒風冷氣眞不是人受的。也難爲阿蓮了——咦？怎麼憐惜起這個臭女人來啦？哼！人家要到六點才下大夜班，你是牽掛誰來著？唔，其實你並沒抓到什麼眞憑實據，怎麼可以隨便就咒罵人？好，不咒就不咒吧，早上我可要查個水落石出！

灰灰黑黑的工廠就在前面。人家的煙囪是圓形的，它的却是方形的；肥肥胖胖滿是鐵椿鐵桿，一座呑雲吐霧的大怪物。看：它就那樣日夜沒停地冒煙，怎麼不用休息呢！哼！煙囪不用休息，人可不是鐵打的呀！

好大的工廠，好廣的廠地。可恨的怪物，我們的地皮都是這些可恨的怪物給攪漲的！眞的，我是說眞的，心裏頭，好恨好恨這些什麼工廠啦、塑膠啦、工業啦，呸呸！人眞沒意思，挖心掘腦弄出這些傷人害物的東西。

　　這個大門夠氣派。我這就進去呢？還是躲在這郵筒後面監視？

　　大門右邊那是什麼「傳達室」吧，進去，就得先經過那裏。要人家放行才行。我該怎麼問呢？人家會怎麼看我呢？你這人來嚕囌什麼？我要找阿蓮，找詹阿蓮。什麼事？我……。你是她的誰？丈夫。有什麼急事？這個……。我能說什麼？急事？哼，急事！

　　萬一人家說詹阿蓮沒來上大夜班，那我怎麼辦？那不是告訴人家阿蓮昨夜……。好吧。我就躲在這裏瞧瞧，看她能逃出我的掌心不？天很亮了，看得清清楚楚。這裏位置眞好，斜斜看過去，湧出大門的人，一個也漏不掉才對。看：鐵柵那邊不是擠著一堆人嗎？是下大夜班。喔，第三，第四——那個就是阿蓮。咦？和她並排走出來的那個人是誰？是男的！這什麼意思，等一等，別急躁，忍一忍，還是看清楚再說。我揉揉眼睛，咬緊下唇，用力看過去……。

* * * *

　　命不好。是命不好。我不會講，不想講，也不想請人評理；一切都是命。警察先生：這不是寬諒不寬諒的問題。是啊。所以我也不告他，不過，我要走。他彭大海有八隻手讓他自己去過。好狠心喔！十幾年夫妻了，兇起來還動刀子要我的命，情分在哪裏？這個我不管！也好在我不該死，閃得過；只切開一條血槽，要不然割開肚皮，腸子不是就流出來！失手？不失手，我就沒命啦。

看在子女面上？他眼中有子女，就不會這樣對付替他養育一羣子女的黃臉婆！當然。我不是這個意思，我自然愛孩子，我可以分兩個——這樣好了，小的兩個給我。那有什麼辦法。嗯，我知道……。我實在會氣死、恨死。我爲了什麼？還不是他彭大海沒出息，讓婆娘拋頭露面。人家太太，哼！就是嘛！我知道，這個我也認啦！除夕三十我不急？我不氣？我牽腸掛肚四個小可憐？這叫做沒法度，端人家飯碗——人家說得明明白白：趕貨，男女工一律加班；不加班，第二天就別來！

——警察先生你不曉得：二十四小時以上沒碰到牀板啦，除了昨天中午飯後打一下盹外，眼睛就沒闔過；廠裏又濕、又熱、又臭，像關進煙囪那樣；早上放工走過欄杆時，我兩膝痠軟，頭昏眼花，踉踉蹌蹌快要倒下去。

我大概身子晃了幾下。心頭脹痛，眼角澀澀地。再走兩步，暈得更厲害。本來喉嚨乾乾的，突然湧出鹹鹹的口水來。我想是發痧了，我伸手揑肩頭筋。

怎麼啦？阿海嫂！走在後面的阿登仔問——阿登仔是大海的遠親，比我小好幾歲。我搖搖頭，咬緊牙根。阿登仔看我實在會倒下吧？伸手來扶我；給他一扶，就撐不起來啦。

就這樣昏昏沉沉走出來，走出傳達室大門。外面很冷，我顫了一下，好過些。就在這時，我聽到大海的喝叫聲。是大海，那種沙沙的破鑼聲。我一楞，嘿！他牽着自行車堵在面前。他的臉緊繃繃地，眼睛睜得像死牛的眼睛那麼大，嘴唇像吃苦藥。這是怎麼啦！老實說，一眼看到他，我多望他過來扶一把，最好抱我回去，背我回去。不是，他化成兇神惡煞似地在那裏。我突然想會不會孩子們有什麼長短？我又一震顫，搶上前去。怎麼？我張開口問。他哼一聲，回頭就走，騎車子走了，可惡！

「阿海嫂：妳怎麼不叫大海載？」

「阿蓮姐：看樣子妳老公等妳一夜沒睡哩！」

「阿蓮姐：快，快回去補他一餐，哈哈！」

我沒有力氣回嘴，但是心裏很惱；不知道什麼時候淚水已經滾滾流下。這樣也好，步子穩些子，我邁開大步回家；我要質問他，這算是什麼意思！這個沒有良心的男人！

怪他沒良心，那是一點兒都不寃枉：嫁他十幾年來，吃、穿、住就沒有給我一樁像樣過；生下第三個孩子，他就在床邊念經——家庭開支太大啦，我得出去工作，幫他維持這個家。滿月後第九日我就進工廠！兩個孩子早上五點鐘送到媽媽家請她看顧，中午跑步回來餵奶，到傍晚下班才背上一個、懷裏一個地弄回家。碰到上大夜班，那就更不用提啦。他彭大海呢？死木匠、懶木匠——你懂嗎？木匠鬼仔全都三天沒吃鹽那樣懶懶散散的；那種料子呀！工資十幾年就不漲價。死木匠，哼！就會擾人，自已賺錢不多，要婆娘當女工還不害臊，只知道讓孩子一個個生下來；

他把我的肚皮當鹹草袋，不值一文錢！

起初在家附近小工廠當女工，一個月不休息，也只能賺五、六百元；這還包括加夜班！有段時間我賺錢太少，又想到孩子全天見不著娘不好，就由隔壁林家介紹，拿回小電線做——就是外國人天主做生日，叫什麼「生蛋節」，要裝小燈泡那一種。可是那種電線比補衣線還小，我又是笨手重脚的女人，一天穿呀、套呀、插呀，唉！只賺八九元，到後來最多能弄到十塊錢。想想看，這能補貼什麼？最後還是進工廠吧。聽說，到遠點地方，大些的工廠，待遇會好些；爲了孩子，加上我不會騎車子，我只能找通勤的；就這樣東家幹十五天，西家呆一個月，像老鼠移窩一樣。不單是我，所有工人大都一樣；說眞的，這些年來我也記不清自己換了幾家。現在這家加工廠是新開的，待遇好些；一個月的工資，包括兩個放假的星期日加班，再加上平常的加班——一個月加二十次，遇上趕船期，就得全月加班——我可以拿到一千四百多。我是熟練工，這個工資算是最好的了。

唉！我這樣拚老命有什麼用？嫁這麼一個死人，一點都不懂疼惜。不是我自吹自擂，我詹阿蓮身段、容貌、做人做事，哪一點輸人？明的暗的，多少人在冷言冷語說他彭大海前世修行，才能娶到我這麼個太太！還有，不怕你笑，進工廠這幾年，多少有來頭的男人逗引我；這些人開出的條件，包他彭大海錘打三輩也撈不上；願意給我洋房，負擔離婚費用；我要孩子，人家願意承擔。這些、那些，我沒動心。我死心塌地守著這個家，這些孩子，這個死沒用的男人！我有過靑春美麗，我也有過像花、像玉，白白嫩嫩的臉蛋、皮膚；我任自己的青春這樣糟蹋。我沒有怨言，沒有不滿；就只恨他一點都不會替我想，不會體諒人！

看：他坐在客廳破籐椅上，活像一隻快瘋的大黑狗。

我太累了，別看他，就當作沒這個人，回房裏躺一下吧。我勸自己。我扶着門板，重重吐一口氣。

媽！媽媽！媽你回來了。媽……。孩子圍過來。我揮揮手，要他們出去，我一定要睡一下。喔，不是睡。我要「死」！睡死在牀上，死死地睡在牀上，就是死在牀上都可以，我要睡哪。啊啊，我的腰、腿、手臂，要裂開散掉啦！

「出來，妳給我出來！」

「……？」

「聽到沒有？妳滾出來！妳別躺啊！我要妳立刻出來！」

……他怎麼了？這個鬼，大清早喝貓尿不成？管他喝砒霜老鼠藥。我要睡，天落下來也不管！

「阿蓮！妳裝什麼！起來！」門一下碰上牆壁，又彈回來。他，站在牀頭瞪眼、插腰，像兩隻前脚收縮站起來的瘦黑狗。

「我問妳：剛才和妳攬腰搭背的男人是誰？」

他說我和男人攬腰搭背？我醒了一點，但是馬上又迷迷糊糊地。

「說！到底是誰？妳這臭女人！」

「……？」

「妳以爲我不知道？哼！我什麼都知道！」

「……睡吧。」我告訴自己。我現在就是要睡。

「妳以爲裝聾作啞，就可以過去嗎？做夢！告訴妳，今天我要妳把話說清楚！」

「？……」

「也好，今天是過年，我們把事情……」

「？……」

「妳以爲我好欺負，我不能當烏龜……」

「……」

「妳早就不要這個家啦！年三十了強迫加班？我就不信！妳還不是捨不……」

他好像還在胡說八道，聲音時大時小，不，是越來越大，不不，我是越來越聽不見了。我想我是睡著了，我想我睡得像放了血的兎子那樣，完完全全軟塌塌地貼在牀上了。我不知道他一直嘮叨多久，扯些什麼，也不知道我到底睡了多久；我的脖子突然緊緊地，喘不過氣才醒了過來——大海的黑臉、大眼睛，頂在我不遠的面前。是他揪住我的襟口，我呃一聲，掙扎著爬起來。

「你什麼意……」我的喉頭被勒住了，說不出來。

「妳到底要怎麼樣？」他用力喊，聲音全變了樣。

「我要——睡覺！」我掙脫了。

「妳眞的要氣死我？」

「我不知道！」

「今天什麼日子！妳……」

我不知道！我爬下牀，我不要吵，我不要看到他，我不要聽到聲音；我走進厨房。

「妳這女人，除夕了，妳，我這個家……」他跟上來。

「怎麼樣？怎麼樣！」我突然大聲喊，不知怎地心中怒火陡地冒上來。

「妳眼中沒有子女，沒有這個家，沒有……」

他說著說著，聲音一啞，牛眼一閉，嘿嘿，他流眼淚哩！

「是。是！就是！唔，怎麼樣？」哭什麼？哭我沒累死！我的火氣越冒越盛。

他猛地跳起來，像沒割斷氣管的土鴨子澆上滾水那樣。

我還是想睡。但我是和他吵起來了。吵著、吵著，他好像伸手打我，我像他打我那樣打過去。

我聽到很尖很大的哭聲。是孩子們，阿婷領著四個傢伙尖聲哭喊著。

我想這樣下去不好。我轉身從砧板上抓起一塊東西——是菜刀吧，切菜用的那種鈍鈍的刀子。我就那樣拿起菜刀。這時候拿起菜刀做什麼呢？我不知道。我揮動菜刀，却看到阿海吃驚了，眼球凸凸地，好大好好大。

後來菜刀到了阿海手上。他酒醉那樣跳著、嚷著，我也嚷着跳着。門外很多個臉，是鄰居們在看熱鬧吧？

我很想逃開，或者笑笑給大家打招呼。但是沒有，我叫一聲「媽唷」——因爲我感到身體上很痛很痛，辣辣地、熱熱地。

是左手臂挨了一刀，連著腋下斜到腰帶那裏都痛得要死。熱熱暖暖的是血；左手臂以下，紅濕濕的。

我咬緊牙關，全醒了。我沒吭氣，誰也沒再出聲。就是這樣，他彭大海殺了我；沒有殺死，這個結髮十幾年的男人，在一個早上，過年，要吃除夕飯以前的時分，他就這樣殺我一刀或兩刀。當然我們沒有準備過年的東西。不過這樣也好——現在就來個徹底解決，吃不吃都無所謂。幾餐都沒吃飯了吧？我還是不餓。只是阿婷她們四個孩子，這年過年，唉！你問彭大海怎麼對得起孩子？

（一九七三）

抉擇

施笙笙一夜幾乎都沒睡著。

起初是整個心思意念，都隨著死結飛快地旋轉著，糾纏著；越轉越快，越纏越緊，最後只剩下一團渾沌的悶熱，一團比茫然還要空洞的什麼，在一脹一縮，一閃一亮。

「春夢一去……」——腦海突然廻響這麼一毫不相干、完全意識之外的句子。她想自己是咧嘴一笑了吧。

「笙笙！妳還是……」

另一個聲音冒出來。這是很熟悉的聲音。聽起來却是空蕩蕩的。

這是永遠沒法決定的。她在心底懶懶回答：眞的，誰都沒法決定，因爲都是一樣，但是臨到自己身上時却不會認爲是一樣了。這就是人。她又笑了笑：人是很好玩的，很好玩，所以很苦……。

不知什麼時候起，眼前就浮現一片鬆鬆的灰白。是窗外天光吧？也許不是；這是三年前就有過的經驗：白天也好，漆黑午夜也好，眼前——不，應該說是眼珠的底部，或者說是腦際的某一個角落——會沒來由地閃過一片灰白。灰白中有點點烏黃色星星；星星像煙火那樣飄浮上來，然後拖一綠尾，緩緩下沈，消失。

最近，這種現象來得更勤。

就是那傢伙。她軟弱地，完全放棄抗拒地肯定它。

那片灰白，色彩逐漸冲淡，轉明，後來又披上幾縷艷艷的亮光。

她轉一個身，從牀上爬了起來。頭有點暈脹。這是慣有的現象。也許今天比昨天程度重些，但是她一再提醒自己不要神經過敏，所以今晨的暈脹現象到底是否加重，她沒法判斷。

該有七點了吧？她懶得看掛在檯燈架上的手錶，因爲今天請了假，不用簽到、上課那一套。至於那個結——一通決定性的電話，還早哪，到十一點鐘搖通就成……。

初春的清晨，空氣涼涼濕濕的，伸進書橱的春陽，也好像是軟軟濕濕的。

她緊一緊睡衣，再加一個披肩，然後在小梳粧臺前坐下。她的身子略略斜側，讓包括左眼的三分之一個臉蛋兒跌落鏡子外面。

這是半張年輕柔美的臉：稍爲清瘦的面頰，微挺豐腴的鼻子，古典的圓嘴，有些癡癡的大眼睛……。

她看著看著，微微一楞之後，把鬱積胸肺的氣息猛地壓迫出來──唉！

她決定打扮一下自己。爲了找多日沒用的粉撲，身子自然往右邊挪動了一下。找到粉撲了，一抬頭，鏡子映現了她整個臉兒。她身子迅速再往左邊一斜，同時把粉餅盒連同粉撲扔進抽屜裏。唉。

她又木然地癡癡地望著鏡子。

「笙笙……怎麼不多睡一會兒。」熟悉的聲音，是媽媽在門口站著；大概在門口徘徊很久了吧。

「不早了呢。」她盡量說得輕快些。

「笙笙：妳……想好了嗎？」媽媽的嗓音透著遲疑與畏縮。

「嗯。」可憐的媽媽！她在心底說。

「媽和妳爸爸還是希望妳，妳接受……」

「嗯。知道了。」她低下頭，悄聲說：「讓我……」她感到不忍：「會的。媽，我會的……」

那就好。媽好像這樣說。那尾音微弱而無奈。這時她似乎眞決定了：決定十一點鐘前搖電話……。

今天是一個重要的日子。

不管怎麼說，再不能躲避了。必須作最後的抉擇。

因爲二舅的好友謝大夫要自己決定：是開刀，還是讓「它」自由發展。

「我在天都旅社等妳的電話到十一點整！」謝大夫在長途電話裏斬釘截鐵地說：「如果決定開，我就留下，不然我就飛東京轉返美國了！」

當然，要開刀並不是非謝大夫不可，但謝是專家中的專家；開刀不開刀的主意始終在五十比五十的情況下，如果放棄了由他開刀的機會，那就等於決定不開了。

現在，正是決定的最後關頭；正因爲臨到這個岔口上，更沒了主張。這是最艱難最漫長的瞬間，而這個瞬間之後，好像屬自己的世界將會全然不同的。

她怕和爸媽面對面用早餐，又擔心爸爸爲了等她而誤了上班時間；她只好吸一口氣，走出臥房。

爸媽果然早坐在那裏默默相對；大哥大弟們上班上學了吧？只有么弟在低頭猛吃。

「我只想喝點牛奶。」她背向兩老，站在小茶几邊調牛奶：「爸爸，您去上班吧，我會的……」她咽一下口水。

「決定接受！好！笙笙，一定要這樣！」爸爸的話像弦上箭矢，輕輕一撥就飛射而來。

她先做好一個帶笑的模樣，然後一旋頭，讓兩老看到她的臉蛋兒，之後端起牛奶回臥房去。

「好吧，搖電話給謝大夫。」她不頂熱心地勸自己。

「那麼，喝了牛奶就去……」回答也是敷衍的。

「謝大夫：我……我決定開刀！」

「好！那，我就留下來。」謝一定會這樣說。

「謝謝您！」

「不謝。我……我這就叫人退飛機票。」

「啊！您已經買好票啦！」眞不好意思。

「那有什麼關係——妳這樣決定，我很高興——生命是可貴的，不是嗎？」

是的，生命是可貴的。然而，生命却是多麼不能把握呢！她向鏡中的自己瞟「一眼」。

「眞的決定了嗎？」她不相信自己。

「當然……」

「決定啦？爲了可憐的那麼一點點……？」

「決定了——決定出去走走。」她給自己留下餘地：「到外頭散步去，散步中我會更堅定的！」

突然，她覺得一刻也不能停留了，她要離開這個令人心煩意亂的空間，到外面，找個清清靜靜的地方想想。

她動作很快：穿上那套心愛的草綠春裝，掛上淡色太陽鏡，拿起乳黃色小提包；在臥房門口滑兩個小跳步——這是使自己輕快起來的動作——然後給媽媽搖搖手。

「到哪裏去？」

「當然去——去搖電話呀！」她邊走邊補充一句：「等一會兒就搖……」

「到哪裏去？」這回輪到自己問了。

「當然……去，去老地方……」

提到老地方，使她惱了幾秒鐘。之後她坦然了。她決定到街尾公園，爬上小山崗，在那棵古榕樹下坐坐，俯瞰本市最後一眼……

是的，「最後一眼」…………

風，還是涼涼的。該八點多了吧？忘了帶腕錶。這樣也好，現在得學習不看腕錶的習慣。

——咦？她霍地渾身一震：她恍然而笑：眞有趣，三年前，嗯，是的，正是三年前的春天；氣溫比現在熱了點兒，是晚春吧？施笙笙我，那個清早，以同情的心情，同樣的動作，同樣地走出家，同樣地走到公園，然後慢慢爬上「福星崗」……

是同樣嗎？那一回，失去了一隻右眼？

不！她輕輕地搖頭：不一樣了！

但是，她還是去「福星崗」。這回，純粹爲了使情景不一樣，她招來計程車，直駛目的地。

*　　*　　*　　*

施笙笙來到「福星崗」上，安詳地坐在彎曲盤錯的古榕樹下。朝陽在眼前跳躍，清風拂面，披肩長髮一飄一盪的。

「這個世界多麼美好！」

這份美好，有一天，會不會屬於我的。她想。

爲什麼一定要屬於我呢？它，依然存在著就好了。

可是……。她不喜歡思想進行到某一個境地老要出現一個「可是」；在可是之前，她很欣慰，很敬重自己那些意念。可是接下去又來個「可是」多麼渺小啊！我這個自己！

現在想起來，倒覺得滿好笑的。不是嗎？人生就是由好多好多個「可是」連串起來的：

我出生了，

可是許多災難等待著我，

不過我勇敢地克服了災難，

可是又一個巨浪撲向我，

不過我依然戰勝了巨浪，

可是……

不過……

可是，我終於會燃盡生命之火，歸回大地……

——這樣一想，似乎什麼都能夠承受了。

四年前。那時剛踏出大學之門，在母校任教一學期；是在寒假中發覺的：

某一天起床，突然感到頭暈腦脹……

也就在這段日子，白天黑夜，總是沒來由地「看見」一閃灰白的亮光；那不是亮光映入眼睛，而是眼睛內部，或腦海部位閃現的亮光。怪怪的，那是怪怪的感覺。

然後是眼眶脹脹的，偶而會掠過一絲絲、一點點酸酸澀澀的微浪。

在第二學期開學兩週的一個中午——第四節快結束時刻，突然一絲劇痛從左眼底部鑽竄而出。那是尖銳的閃爍的，短促而不可捉摸，難以形容的劇痛。

之後，一切歸回原狀，沒有一點異樣感。

過了一週，在升旗典禮時，她的視線突然陷入一片模糊中，朦朧裏淚水滾滾而下。又一閃劇痛，然後她暈了過去。

醒過來時，她躺在省立醫院的急診室裏。這時一切又都好好，沒有任何不適的感覺。

眼科主任建議她到臺北做徹底的檢查。爸媽、兄弟、同事都鼓勵她這樣做。

那一撮隱秘的，不願意觸及的，人人都諱避的想像，這時候膨脹到最頂峯。她是個堅強的女孩，她終於勇敢地接受檢查。

「施小姐，馬上接受手術吧！」醫生說。

「馬上？什麼毛病，請照實告訴我！」

「妳這是……嘿！二三歲孩子比較多的……」

「怎麼了？」她一直努力保持冷靜。

「我是說，大人很少患這個的……」

「是……惡性……病？」她眞不願這樣問。

「嗯，必須馬上開刀！」

她凝肅地問是什麼惡症。醫生深深盯她一眼才說——說了一個她聽不懂的外國名，然後悄聲告訴她：「惡性瘤，叫做『網膜膠質癌』！」

「……」她一動沒動，努力控制呼吸。

「施小姐：要勇敢面對它！」

「開刀？有希望嗎？」

「……我判斷……左眼珠拿掉之後……」

「拿掉，啊！」她終於崩潰了。

「我相信右眼可以保住，」醫師恢復職業性的冷漠：「這沒什麼選擇餘地的，要快！」

「那……拿掉之後……」

「裝上一個假眼珠，沒什麼的。」

「不，我是說，那樣就……？」

「哦！那，百分之七十可以除絕癌細胞，換言之，妳有百分之七十可以獲得『健全的』…」

「百分之三十呢？」

「那也可以維持三年以上，可以再活三年以上！」

正如醫師所說，她沒什麼選擇餘地。因爲自己是平平凡凡的人；平凡的人難免要接受許多「沒有選擇餘地」的命運。

就這樣，她勇敢地走進開刀房——以後每想到「勇敢」兩個字，她都要在心裏揶揄一番自己——然後她剩下一個眼睛。

她裝上假眼珠，帶上淺色太陽眼鏡；她銷假上班，再踏上講臺，拿起粉筆。

——她坦然接受手術，還有一椿湊巧機緣：二舅的好友，眼科手術權威謝大夫正返臺探親；謝大夫答應參與開刀小組，並親自爲她作清除附近組織中癌細胞的精微手術。

「這是一次很成功的手術！」謝大夫宣佈說。

「復發率如何？」二舅問。二舅是內科醫生。

「百分之十吧？最多……百分之十五吧？」這是原先估計的一半。

我活在百分之八十五中。她幾乎天天記掛著這一點。

在實際生活上，或者說在實際生命裏，百分之八十五實在是不可解的。

然而，那百分之十五却是清楚而具體的。

她的生活內容改變了許多。精神上放棄了一些，接受了一些；最最顯著的是，她主動而有計劃地疏遠了德明。

德明是善解人意的男孩子，他很自然而得體地與她合作——彼此漸漸冷却、分開。雖然她與德明之間，幾乎已經要談到婚嫁的。

有時候，她會感到淡淡的後悔：爲什麼不讓德明來表現一下呢？試試他的眞情，或者說是看看他的眞實嘴臉，欣賞他苦於擺脫獨眼女友的煩惱。

她眞的有時候要懷疑：自己對於疏遠德明的精心設計，是否完全不必要？想到人家根本就在自己走進手術臺時揮手道別啦，自己眞是又傻又可憐——這是很難很難承受的。

不過，這些畢竟承受下來了，也可以說沒什麼計較的意義啦！

——前些時候，也就是左眼手術三年又兩個月之後，也許是長期心理作祟的結果；就是三年前醫師所謂百分之十五之說，維持三年的估計；現在已經過了三年，那麼……。這是強而有力的暗示。

就在這時候，謝大夫又回國了；這次是參加在臺北舉行的國際醫學會議的。謝大夫回國的第三天就和二舅聯絡好，主動給她做周密的同位素檢查。

「那百分之十五！」謝大夫絕望地宣佈。

「是，是那個？」

「嗯，唉！百分之十五……」

「噢！」她，整個胸膛、腦際全冰凍了。

「還是馬上開刀吧！我想……」

「……」

「這是唯一的方法……」

「這回，這回是百分之幾！」她冷冷說。

謝大夫告訴她：由三年前切除手術結果看來，這回完全切除率的機會不會超過百分之十，但開刀後保證可以多活三年以上；不開刀，只能活六個月左右。

「這要妳自己考慮後愼重決定。」謝大夫最後說：「誰都不能替妳作主，全由自己決定。」

就這樣，謝大夫留下最後的期限走了。前後是一週，這一週內她得把自己的決定通知謝大夫。

今天正是最後一天：現在，該是九點過後，快十點時分吧？還有一個鐘頭左右就是決定時刻了；從這裏走到電話局要三十分鐘，那麼……。

這一週來，她曾經冷靜地、理智地比較過，結果開刀與不開刀的勢力，始終在五十與五十之間。有時候也會認爲是五十一二與四十八九之比例，但是這百分之一二的差別，除了增加更多苦惱之外，並不能改變任何態勢。

她曾經把開刀與不開刀的理由，分別寫在兩張白紙上；總共各列十幾條，然後兩相比較，利弊相抵，結果還是不分上下。

她甚至以拈鬮的方式來決定是否開刀；那是虔誠而嚴肅的舉動。她拈到「六個月」的鬮。

「活着多美好，可是爲什麼一定要屬於我呢？」她又想起剛才偶然升起的一個意念。

「不過，人只能活一次……」

「我已經活了一次——二十七年了。」

「再活三年，這三年是不一樣的，何況還有百分之×十可能完全切除……」

那麼，就想想活三年的情景吧。她提醒自己。

三年內，我要……

我還要……

我甚至於要……

不，不要增加痛苦……

我只要……

然後，然後那個日子來臨……

那時我靜靜躺下，我安詳而滿足。她繼續想：我帶着微笑離去，我的身體……

「啊！那時我的臉上是兩個窟窿！」她喊了起來。

那就，就想想活六個月的這一條路吧！

六個月是很短的。但是也很莊嚴的！

其實現在就「開始」死了……

我要在心理上，先拋棄一切……

本來我就了無牽掛的……

很快地，那可怕的劇痛就會來臨……

其實，三年後也一樣會痛……

其實，這些用藥物可以解除的……

那麼我就沒什麼好怕了……

死，其實也沒什麼。不管怎麼樣，還是還原歸回到這個大地上……

雖然我們習慣上，認爲死亡是不大愉快的行程，然而，死亡仍然在有機世界裏，「我」，依然存在於無數其他形式的生命裏，「我」又何嘗眞正「無」了？我又何必一定要固執於「我」的存在形式呢？

「可是……」又一個可是！她站了起來。

選擇，是很困難的。她搖搖頭，對自己笑笑。這不是是非題一句就成了的。

她想時間差不多了。她決定一面走下「福星崗」，一面再想想：她很有信心——在這一段路途上，自己一定可以作出確切而明智的決定。

也許現在，心底深處已經決定了。只是自己也不知道而已；要在走到電話局，甚至拿起聽筒時才能決定吧？也許和一週來的每個時刻一樣，它永遠維持五十對五十的對峙局面吧？

而她，不得不慢慢地走回市區；她就這樣走著，也許走向家的方向，也許走向電信局。她沒法知道自己到底去哪裏，她只讓身體跟着脚步前進。

她走到十字路口了。

前面的標示燈剛打出紅燈。她停了下來。

「施，施老師……」

微弱的喊聲傳進耳裏。她左右顧盼一陣，這才發現計程車裏有人向她打招呼。

「妳？……妳是張春菊？」她認出來了。

張春菊原是她當導師班級的學生，去年——升高二時因爲家裏事業失敗，媽媽又病故，所以含淚退學了。現在，這個孩子有氣無力地躺在車廂裏，兩邊陪的是穿同樣制服工人模樣的一男一女。

「怎麼了，妳？」她吃了一驚。

「肚子劇痛，還吐了一口血！」男的說。

「啊！」

「送醫院——小姐，妳，認得她吧？」女的說。

她說是。車門開了，她沒加考慮就鑽進車裏。綠燈亮了，車子向前衝去。

「送勞保醫院吧？」她說。

「是啊！不過，」男人臉有難色：「我們工廠還未……」

原來這男人是廠裏的副廠長，女的是領班。

「老師，好久……」張春菊有氣沒力的。

「別說話。」她向男的說：「就送省立醫院吧。」

八分鐘後，張春菊被抬進急診室。

她，施笙笙恍然想起三年前自己的一幕。

她一直陪着這個退了學的學生，可是當住院醫師找病人負責人時，那個副廠長和領班失了蹤跡。

「病人是您的誰？」醫生問。

「她……我的學生。」

「她住院，要保證人。我是說，要繳保證金。」

「唔，這個……」

「老師，你……請通知我爸爸……」張春菊掙扎著說。

「好好！」她下了決心：「這樣吧：我來保。」

「可是，現在就要繳保證金！」

她沒帶多少錢。她帶着身份證，她說把身份證押在醫院裏，她馬上回去湊錢。

「老師，你不要……」張哭了。

「不要這樣，妳要安靜。」

「大概是胃穿孔，唔，要安靜。」醫師說。

醫院裏，有兩個她的學生在病歷室工作。她們過來給醫師交涉一番。於是她以簽名作保，這才正式辦好住院手續。

「大夫！」她說：「要開刀，或血漿，儘管用，費用我會負責。」

「是，施老師……」

抬頭看鐘：嚇！十一點十五分了。

「十一點過去了！」心底有一個小小的聲音提醒她。

嗯，十一點過了。十一點十五分。她忖著：趕回去拿郵局存款簿，去郵局領款，還趕得及；十二點以前可以把錢送到醫院。

「不過得搭計程車。」

「唔，大錢都花了，算了。」她寬慰自己。

十一點十六分了。超過了十六分鐘。她想。她走出醫院大門。她向一輛計程車招手。

「春夢一去……」又是那毫不相干的句子。怪怪的。

她跳上計程車。她現在全心全意擔心一件事：張春菊如果要用血漿，這半鄉下的醫院，如果沒有血漿怎麼辦？

（一九七七）

大敵

唐之方摒除一切困難，決定跟踪妻一天。

早上七點一過，兩個兒女全上學了。平常他得耐著性子等到妻化粧好，一起出門，然後各自騎上機車，分道奔馳；再見面，是在黃昏時刻，或者晚上十點之後。

「什麼時候回來？」妻已經發動了機車。

「這麼遠，大概要明天早上。」他回答。

「那也好。明天是星期六，別累壞身子。」

在妻轉頭的弧線裏，他眞切地捕捉到一絲狡黠而妖媚的笑痕。他以冷笑送走妻的背影。請假外出，今天趕不回來，這是必需的謊言；他要放下誘餌，才能釣著那醜陋的「魚」。另外，孩子們中午放學後就去大哥家，直到明日傍晚才回來，這都是巧妙安排；他要利用這一天一夜光陰，把事情辦妥，問題解決！

現在只一個人坐在客廳沙發上，四週靜靜地，他有點心慌；這棟簡陋的平房，好空曠好冷漠。他搖搖頭，把腦際的雜念清理一番，然後再檢討一遍今天自己的行程，也回想一下妻可疑的地方。

他白天在中學教書，晚上在補習班教珠算和簿記；這是副業，他的精力和時間，主要的是放在「明日建築公司」上——和兩位朋友籌資組成的，專門營建低收入人的住宅出售。因爲精於選擇建地，懂得改良環境，又肯薄利多銷，所以幾年來賺了不少，相對地，也忙得喘不過氣來。

「別再教書，專搞房子算了。」妻這樣建議。

「不行。現在這個社會，得要狡兎三窟，不然準垮臺的；房子的好景氣，也不會長久。」生活和事業，把他磨鍊成老謀深算的人。

但是，他就從未想到，這積極奮發的小家庭，竟會罩上一層陰霾……。

「這是不應該發生的……」他不止百千次告訴自己。

妻，柔順沉靜，但重要關鍵，却有點兒精明和果斷；日常生活上，事情可以隨和他的興趣與方式，但是巨額的金錢往還，「忠貞」問題等，可不讓他有絲毫馬虎。那小巧的身架子，豐潤細白而彈性很好的肌膚，怎麼也看不出是孩子已經快進國中的婦人。

妻也是夠辛苦的，除了在一家罐頭公司擔任檢驗員外，前年起，一方面孩子漸能照顧自己了，一方面看他樣樣事兒幹得轟轟烈烈；徵求他同意後，就和老處女表姊合開「青春美容院」。

不過，這項副業，只能在下班後，以及休假日才能顯顯身手的。

「今年公教人員待遇又調整，我的機會來了！」事業的順利，使他瘦削的臉，顯得特別精幹堅定。

「別瞧不起那塗塗抹抹的，上月，我分的就不比薪水少！」妻也不甘示弱。

「玲瑩，假如不是妳這賢外助……」他稱妻是賢外助。

「唉！我們一味兒賺錢，犧牲，也不少！」

「沒關係，犧牲是有代價的。」

他常向妻描繪一副美好的圖畫：在離鬧市不遠的地方，矗立一座紅瓦白牆的樓房。建地五十坪。不大，但是佔地三百坪，有花園，葡萄架，噴水池，小魚塘，還有玲瓏的小游泳池；他們倆都愛游泳。這些，在他滿五十歲那年——離現在還有八年——他要好好渡過美好的成功後的歲月。

「這不是幻想，是很小很小的理想！」他向妻一再強調，而事實也已經買下那樣一塊土地。

「有人在背後笑我們——要錢不要命！」

「君子愛財，取之有道，我唐某人有本事賺錢，身體棒賺得下錢，怎麼樣？」

「這也難怪人家，嫉妒嘛！」

「哼！弱者的伎倆！」

「我瞭解你，所以我也盡力。」妻說。那眼神是信賴的。

這正是妻深情的地方。他明白，像妻這個年齡的女人，生活上畢竟需要源源不斷地得到些什麼。但他實在忙得不得不忽略許多許多。這些，使他抱着一份深刻的歉疚。最感動的地方，就在這節骨眼兒上：妻總是抑制自己，並不讓他發覺這種抑制。自然，身爲丈夫的人，對於妻的裏裏外外，是摸得一清二楚的。他只是在心裏，或實際上，一再安慰並鼓勵妻，忍耐些時日，等更成功，等更富有的時候。

「我倒也覺得，你對金錢的迷戀，似乎眞的過份了些。」妻的語氣是試探的，怯怯地瞟過來一眼。

「嗯，也許是吧，玲瑩……」他苦笑一聲。其實這是自己也能感覺的事。然而，妻一定瞭解而同情吧。

那是一樁痛心的往事：在結婚週年前七天，妻就生下一個白白胖胖的兒子。這個男孩子三歲時，也就是大女兒快降生前幾天，突然患上嚴重的「紫斑病」；醫生要求馬上輸血。當時他剛辦完母親的喪事不久，身上剩下的現款只有幾十塊錢。結果這個兒子，就因爲借不到錢買血而喪生。那是近暑假的事，暑假裏，他戴上斗笠，在枯河床做挑石子的工人，也在這個酷熱的日頭下，他發誓要打倒金錢——拚命賺錢，賺錢是一種復仇的方式。他這樣想。在痛心的往事湧上心頭的時候，唯一自解的方法是抓起一大把百元大鈔……。

「我要征服金錢！我要復仇！」這是他的口頭禪。十幾年來，支持他努力奮發的力量，正是這個。於是，窮困被他擊退了，財富不斷地增加；而財富本身又產生一種力量，支持他追求下去。

「金錢，眞是奇妙的東西。」這是一種意外的發現。本來他總以爲金錢是一種罪惡的存在，是生活的桎梏，無形的劊子手。然而當手上的金錢急速膨脹時，他不這樣想了。

賺錢本身就是一種享受。這種感覺出現後，他躺在床上，足足癡癡然「醉」了一個下午；晚飯後，他把保險櫃裏的現款拿出來，攤開儲蓄簿，支票簿，一面欣賞這些，一面仔細地咀嚼「賺錢」的滋味。

「可恨又可愛的仇敵！」他含著笑意咬牙切齒地說。

「然而，現在……」現在和他甘苦與共，一起創造美好來日的妻竟然……。

那天，他突然接到一封怪信，大意是：唐之方，你是一個可憐的小人，我恨你，瞧不起你！你實在沒有資格擁有玲瑩這麼好的妻子，所以你應該退讓，我才是他的丈夫——而且我們早就有夫婦之實……。最後署名是「方之唐」，正好把他的姓名顚倒過來；這當然不是眞姓名。

「會是誰開的玩笑？」那字迹十分熟悉，他有個奇異的感覺，寫這封信的人，他一定認識。心裏好混亂，一些曖昧的恐懼，似乎是老早就擠得滿滿地，只是多眠在心底不覺得而已；現在，因爲這封信而全甦醒過來。

怪信，還觸動他另一個煩惱：那是近兩個月來連場的怪夢：他老是夢見自己走出家門時，就有一個陌生男人跑進自己的臥房。有一回，他已經從夢中半醒過來，心裏趕緊告訴自己這是荒唐怪夢。他在自己允許的情形下，靜靜觀察這個夢境的發展：陌生男人比他粗壯些，高大些；從背面望去，頭髮梳得很整齊。陌生人走進臥室後，不客氣地脫下上衣，張開手臂……。他忘了這是夢境，陡地喝斥一聲向對方撲去。陌生人緩緩轉過頭來——啊！那是一張很熟悉的臉孔。他聽到轟然巨響後就暈過去了。他想是被對方用鐵棒之類東西打了一記。他眞正從夢中醒過來時，妻半個身子露在被子外面，背向著他，胸罩脫落，擱在他與妻之間……。

「荒唐！荒唐！」他氣惱又厭惡。他是很相信所謂第六感的那種人；對於詳夢也硏究過一些，但是這回找不到答案。

好幾回在衝動之下，他想把怪信遞給妻看，不過一和妻四目相對時，勇氣全消了；幽忽裏，他覺得自己的身子迅速收縮得小小地，而且和妻的距離猛然拉遠。他眞的有不配擁有玲瑩的感覺。

這天晚上連三堂簿記課下來後，他又到明日建築公司，準備硏究一下設計圖；他的桌上放著一封信。細長的藍信封，好像含有特別的刺激，他連忙拆開來看——又是怪信，這是第五封——內容和前幾封差不多。

他逼迫自己瀟灑些，若無其事地做預定的事。可是腦筋怎麼也不聽使喚，他只好一肚子不樂意地騎機車回家。

孩子們睡著了，橫豎歪斜著。身子全露在被窩外面；厨房裏，吃剩的飯菜還放在桌上，洗澡水直冒白煙，不知煮開多久了。飯菜是孩子自己料理的。面對著這個景象，不由地怒火高燒。「這哪像是家庭！」他在心裏罵起來，同時因找不到生氣的對象，而立即把怒火呑回去。

「喲，今天你比我先回來。」妻顯得很快活。

「妳才回來！」妻的臉是經過細膩化粧的。

「咦？你怎麼啦？」妻笑得艷麗而妖冶。

「這哪像是家庭！」話，脫口而出，他決沒有說出來的意思，但是說了。

「之方，你今天是存心嘔氣？」

「……」他用力眨眼睛，用力閉嘴並想些其他的事。

妻起初是用那幾句他已經聽得很熟悉的話罵他——妻吵架的伎倆非常低劣，罵他的話，永遠只那麼幾句——因爲怕吵醒孩子，嗓音壓得小小的，接著就像往常吵架那樣，不絕如縷地幽幽哭泣起來。

他從櫃裏拿出罎裝的五加皮酒，斟一杯慢慢品嚐著。這是賺錢以外唯一嗜好。今天他想借好酒暫時痲醉一下。

「唔……」剛喝完一小杯，決定再來一杯時，人就有點虛飄飄的。他不信這就醉了，也不服氣；平常半瓶紹興酒，三杯五加皮是沒問題的，今天的眩暈來得古怪。

他覺得很委曲。什麼委曲呢？也許酒醉的關係，居然想不起來。怪信的句子，在背後左右廻響，他聽得清清楚楚。他站起來準備抵抗這些，但是膝蓋酸酸地使不上力，他又坐回沙發；他想躲避，躲避比抵抗容易吧——他雙手抱頭，倒在沙發上。

「難道酒裏面……」

剛找到一點頭緒，思維力就完全崩潰了，不過心底還能保持一份細微的清醒。一些平時不敢想像的疑慮，不用思索全兜上來；他雙眼留一線細縫兒，注視情況的發展。

「我為什麼變得這樣軟弱？」

他越想越不甘心——就不知那來的力氣和勇氣，他霍地站起來，推開臥室的門，衝進去。妻正在換睡衣。

睡衣是粉紅色半透明的。他有了新發現：自己整個身體也是半透明的；門洞開著，不，門是半透明的。

他稍微一用力，透明的身體就移動好遠；他向妻曲線玲瓏的胸腹摟抱過去。不幸得很，自己的身子失去重量的感覺，而且毫無阻礙地穿過妻的身體，靠在牆壁上。他「貼」在牆壁上，只能眼睜睜地盯著妻惹火的胴體。

一團虛弱感挾著深沉的悲哀，陰冷冷地掩蓋過來；漸漸地視線模糊了。

「哼！不要碰我，你這種男人！你……」

「唔……」

「怎麼樣？剛才還神氣十足，現在倒像一隻，噯唷……」

這是妻的嬌嗔。他沒法看清妻的模樣兒，但可以想像得出的。他感到異樣的興奮，隨著興奮的高潮，意識很快就完全消失了。

他一再重複著一些動作，一些興奮；也許不是他自己。

然而，一切歸於空無虛緲。他聽到東西碰擊的聲響，他吃了一驚，睜開眼睛——天亮了，妻已經起牀，他只穿汗衫內褲躺在牀上。伸手一摸，妻的體溫還留在被窩裏。

「唔……」昨夜的種種，一個瞬間全浮現腦海。

現在，眼睛耳朵，思考能力都是最最明晰的。他把昨夜發生的事故，整理出一個完整的輪廓：

我喝下一杯酒，酒裏面有痲醉成份，也許是一種安眠藥……。我昏迷不醒了，但很快就恢復了知覺，只是全身軟軟地動彈不得。我看到——在我眼前演出一幕醜惡的短劇……

玲瑩啊！妳好大膽，居然在丈夫面前，在丈夫牀上……

不，也許不是。也許只是幻覺；因為我心裏恐懼有這樣的一天，所以出現了幻覺與惡夢的混合景象，把我給迷惑了？

「不！沒這麼簡單！我，我要證據！」

他從牀上爬起來，抓緊被角猛力一扯，被子摔在地板上。他像追尋野兎的獵狗，伏在牀舖上拚命嗅着。不錯，他聞出這一帶，確實發生過一些事件。

「起牀啦！你今天不去上課？」厨房傳來妻的嘮叨。

「玲瑩！」他用全部力氣喊，尾聲是沙啞的。

「你？……」妻跑進臥房。

「我，我要殺死——妳！」

「小心你的身體，」妻的臉上紅暈濃濃地，拿不懷好意的目光盯住他：「近來你怎麼啦？白天裏是一個人，晚上成了餓鬼！」

「我……妳……哼！」

「我快不認識你啦！」

不認識？妻這句話，引起他一些警覺：自己就是常常有這種感覺，同牀共枕十幾年的妻，如果仔細地看，認眞地想，實在是個很陌生的人，陌生得令人恐慌。這個女人居然把丈夫用迷藥迷倒，然後在丈夫的牀上和情人通姦？

他同時感到極端的眞實和不眞實。這是很痛苦的情況，他急於解決它。現在，分辨現實有幻覺這件工作本身，比捉姦拿雙來懲罰女人更加迫切。他覺得目前自己的處境，旣滑稽又嚴肅。

他把門窗鎖好。十點整，他騎上機車向妻任職的公司馳去……。

十二點零五分。妻穿著工作服走出公司大門。還有許多男女工人和職員。妻一個人到公司左邊隔三家商店的食堂用餐。十五分鐘後，妻走出食堂，還是一個人走路，但是並沒有馬上回公司。他趕緊跑下三樓，剛好看到妻的背影在前面街角消失，他躲躲閃閃地趕過去，結果發現妻在電話亭裏。之後，妻就走回公司大門。總算有點眉目啦。他想。

下午三點左右。旅社的女管事敲門進來，問他要不要女人。他楞了一會兒才領會過來。

「先生：有很好的啦，頂新鮮的。」女管事不死心。

「怎麼好法？」

「要女工，女店員，都有。」

「對面那個罐頭公司的？」

「如你出得起價，要職員也……」女管事盯住他。

他不大相信女職員也來「兼差」。對方說都是年輕漂亮的。他問有幾個，對方說要多少有多少。他突然很生氣地拒絕了；本來他想看一場電影，然後監視妻下班後的行動的，現在決心在這裏守到底。

關於在旅社裏演出風流把戲的事，他早就耳熟能詳，但他沒試過。他油然想起徐。徐是左右鄰居公認的好丈夫。其實許多同事知道，徐每個月都要在外找「野食」一二次；同事們見到徐太太，總要說兩句風涼話，管好徐先生吧，小心跟我們學壞，徐太太會驕傲地說：我那個人哪，別的長處沒有，忠貞問題我倒絕對放心！

「我和徐太太一樣的可憐！」他苦笑。他暗自做一個痛快的決定：在抓到妻不貞的證據後，和妻離異以前。要帶個最性感的應召女郎到家裏，就在自己的臥房，在妻眼前……！這時才公佈妻的罪狀。當然，得把孩子支開……。

下午五點半。妻走出公司大門，牽出機車。他躲在旅社走廊的大柱子後面，看著妻的車子向青春美容院駛去。一切似乎都正常得出奇。他跨上機車跟踪，但不敢跟得太近；他後悔事先沒有和朋友調換車子。

五分鐘後，妻的機車停在青春美容院走廊上，人進入店裏了。他迅速放好車子，溜進對面「昭理廣告社」，和老闆商量明日建築公司換新招牌的事；一切情勢都在掌握之中。

「越來越接近時候了！」他提醒自己。但是一直不見可疑的人物出入美容院，顧客都是婦女；妻除了匆匆到廣告社隔壁吃晚飯外，始終未再離開美容院。

他想也許毛病就在美容院裏面。這是無能爲力的事。路燈全亮了，美容院一閃一閃的霓虹燈下，妻偶而在門口晃了一晃。

初冬的風，入夜以後，顯得特別冷，饑寒交迫下，頭腦暈暈沉沉的；也看出老闆猜疑的目光。

八點鐘。隨著饑火的燃燒，監視的執著勁兒，鬆弛不少。他到剛才妻吃飯的麵館要了一份客飯，這樣太虐待自己了，他再點了兩道小菜和紹興酒。

「喂，妳，認得我嗎？」他把心裏的話說出來。

「不，先生沒來過吧。」麵館裏的小姐很俏。

「對面美容院的小姐，妳認得嗎？」

「認得，常來吃晚飯或宵夜的——你，不像……」

「不像什麼？」

「哦，沒有，沒有。」小姐紅著臉走開。

他提著用報紙包著的半瓶酒走出來，眞的是滿腹疑雲。現在到哪兒藏身呢？他知道不能再呆在麵館的。白天，旅社裏兜生意的一幕，莫名其妙地浮現眼前，他有拋下一切去找刺激的衝動，但這個慾望只在心頭一閃就消失。

手上的半瓶酒，剩下不多了。脚邊的寒風好像倏然停息，全身熱騰騰地，感到舒服又奇妙。

「我實在是很不錯的人！」他忽然喃喃自語著。隨著這句話，心裏頭其他的雜念一個個隱匿了；他想起近年來事業的成功，財富的增加等；已經從同輩友朋中冒出來啦，鶴立鷄羣，那些自命不凡的傢伙們，都被自己遠遠摔在後頭。

「我實在有點了不起……」耳邊儘是這樣的恭維話，他還能隱約感覺到，內心深處是十分渴望這句恭維話的。

又湧上來一片灰矇矇的眩暈。兩邊太陽穴被針刺中那樣，一個細針點兒的疼痛直往裏面鑽。眼前的景物扭曲著，變形了；都是半透明的流動體，似乎以自己的位置爲中心，緩緩旋轉，緩緩逼近。

青春美容院的大門，擠得扁扁地，而且繼續不斷地揉擠著；穿白紗結婚禮服的塑膠模特兒却越拉越長，向自己盡飛媚眼。不，那是妻玲瑩啊！

「我的妻呢？」他對著這怕人的景象張嘴瞠目。

「我要我的妻子，我的太太玲瑩！」心底冒出尖銳的叫聲。他感覺得出，自己從未這樣強烈地需要妻子——怕失去妻子。心頭，那維持安定的中心，崩潰的勢態在繼續進行著。

機車的點火栓大概壞了，怎麼踩踏都不能發動。他推著車子，向妻的美容院衝去。可是他發現自己與妻之間的空間，已經被看不見的阻礙物硬生生堵住，一切都是可望而不可近的。他不死心，一直向目標推進，目標却越離越遠，最後連變了形的美容院都消失了。

「喂！老唐，車子壞啦？咦？你喝得這麼醉？」

「唔……」他茫然看著說話的鬍鬚大漢。

「唉！你眞醉了哩！嘖嘖，難得難得！」

「你，你是誰？」

「哈哈！來，車子給我，你坐計程車安全。」

車子很快駛進比較僻靜的斜坡下面，司機說到了，下車吧。他問到哪裏。司機扶他下車，從他的口袋裏掏出鑰匙，打開兩層的門，讓他躺在沙發上。

「這裏是什麼地方？」他問。

屋裏靜悄悄地。他懶得再問，他困難地追想這段時間自己的行程，不過，很快就睡著了。一陣子迷迷糊糊之後，他聽到木板門碰擊的聲音，女人嘀咕的聲音。高跟鞋的聲音。他站不起來。一股香風撲面打過來。這時他相信自己的眼睛是睜開了的。站在眼前的女人很美。他想。

「你怎麼可以喝得這個樣子？」

「妳是誰，憑什麼管我？」他在心裏說。

「什麼時候回來的？」

「哼，哼！」

「快上床睡！傷風了才好看。」

「這個女人眞嚕嗦！」

「孩子們都沒在家，我本來要睡在表姊那裏呢？」

「妳給我說這麼多，幹嘛？」他在心裏笑。

「咦？你怎麼一直不吭氣？」

「喂！你是誰？」他問。

女人連頭都不回，走進臥室，拿出內衣褲，去洗澡了。他趴在門縫裏看這個女人寬衣解帶。好動人的胴體。女人好像根本不在意他的窺視。

「會不會是？……」他回到客廳，躺在沙發上，心裏激動得很，同時也很頹喪。他覺得自己，以及身邊的一切都有重新認識的必要。

他有點兒興奮。正想到洗澡間看看究竟，身著半透明睡衣的美婦人，已經細腰款擺，向客廳走來。

就在這同時，那個男人從臥室走出來。現在是三個人臉對臉會上了。這到底是怎麼一回事呢？

美婦人不屑地睨他一眼。那個男人攬着美婦的腰走進臥室。他已經覺悟出自己不能再裝傻了——他早就瞭解是什麼事故的，只是不肯承認自己瞭解而已。美婦人就是妻，那個男子，正是妻的姦夫！

事情明朗以後，心裏反而舒坦些，他清醒多了；今天辛苦一場總算有了收穫。

想到「收穫」，心裏不由地抽痛起來。十多年夫妻，居然這樣下場，怎不令人黯然神傷？

「妻是一位溫柔而害臊的女人。」他決定回憶些美好的過去。妻常常偎在自己的懷裏，無限嬌媚地說：之方，你是我的第一個戀人，也是最後一個，身體上更是。這一點，想起來就很甜蜜的。他吻著妻細膩滑溜的面頰，悄聲說：我也是平生只戀愛過一次，玲瑩，擁有妳，我夠了。

妻不是個放浪形骸的女人，但做爲一個妻子，是十全十美的。

「可是……」他再睜開眼睛，又趕緊閉上。幾次之後，他想通了；他必須勇敢地面對這齣齷齪遊戲，不然最後的計劃會很難執行的。於是他不再猶豫躲避。

玲瑩如醉如狂地在自己懷抱中——不，是在野男人的身體下面。

他越來越冷靜，最後凝結成一塊冰柱。他下床，裁縫車後面拿出一個白色塑膠桶——那是三加侖機車用油。

沒時間考慮太多啦。他把汽油倒在床邊，用火柴引燃。

「之方！啊？你瘋了？」妻在火焰中跳舞。

「……」他還是一塊冰，站著。

「救命啊！哇……」妻奪門往外衝，頭髮像一隻大火把，很好看。

他在火海裏尋找那個男人，但是沒找到，也許逃掉了，也許化成灰燼了。他把桌上發黃了的結婚照丟進火焰中；照片架下墊著的是妻的日記簿，日記簿裏夾著一封怪信——細長藍信封。

——之方在深夜化名給自己寫信，這是什麼毛病？他看到日記簿上這樣記載著。

「救命啊！」他的頭髮和褲子著火了。他在地上翻滾著爬出臥房。火焰也跟著蔓延到客廳。

不大不小的房子，很快就沒入火海中。他倒在大門邊，張嘴巴瞪眼睛，一手指向火海，一手指著自己……。

（一九七一）

我不要

「喔喔，喔……喔……」喉嚨好癢，忍不住就叫出來。

我知道天還未亮，但是習慣了，沒辦法。小紅臉、黃毛牠們全還睡得死死地；這也難怪，天天吃些米糠攪白飯，碎玉蜀黍拌麥片；看牠們脖子邊屁臀下肥肥的，一定重得要死，想睡。我想自己貪吃的話，過不多久，還是會一樣的。

從前我不是被關在這裏。這裏的主人叫尤太太，還有尤先生和大大小小的尤什麼。從前的主人是阿涼嫂和幾個小小的人，沒有像尤先生那樣高高大大的。從前我吃的東西實在不好又常常挨餓，不過很自在；天剛亮到天暗前一直在屋外大大的綠綠的草地上玩耍，找吃的，所以還是很愉快。

和我一樣大的有好幾個。在我小一點的時候，媽媽——阿涼嫂說牠是老鷄媽，牠是我們的媽媽——很喜歡我。後來有一天，牠不喜歡我們了，把我們趕得遠遠地，牠要唱歌。後來就習慣了，後來我們也唱歌，還要打架。

在阿涼嫂那邊，我最喜歡的是「黃脚仔」；牠們也都要和牠在一起，不過我和牠在一起的時候最多。黃脚仔矮矮胖胖的；圓圓的小臉不知哪時候轉紅的，好可愛。我找到小青蟲，總是啄給牠吃；牠咯囉咯囉一唱，我喉頭立刻發癢，挺起胸板，不知怎麼就「喔喔，喔……」喊起來啦。

「高髻冠和小黃脚眞是一對哩！」阿涼嫂說。我知道高髻冠是指我，因爲我的冠肉又紅又高大，小黃脚就常常瞧著它發呆。

唉唉，小黃脚現在怎麼樣了呢？是不是還記得我這高髻冠呢？大概不，牠太好看——又常常接受同伴送小青蟲……。

那天是很好記的日子。很冷，冷得不想外出。阿涼嫂却天還未亮就來餵我蕃薯籤兒。她臉臭臭地，嘿，眼睛旁邊還流出水來。她近來好像特別愛發脾氣，不知道爲什麼。

「囉囉……囉囉……」她蹲下來，向我招手。

我躲在最裏面。我知道要出事了；她向誰招手，誰就要倒霉的。

「囉囉……高髻冠，出來，別怕，不是要殺你啦！」她笑起來。這一笑，更可怕。

可是怕有什麼用？她一伸手就把我的一隻脚抓住，然後不管我脚根兒痛得要命，硬把我提出來。我一陣暈眩，兩脚和翅膀都給用麻繩綑緊了。

「叱！」我閉上眼睛。要來的，終於來了，就是沒想到會那麼快。我已經看過好多次；我們都逃不掉菜刀在脖子上一抹那種死法，想起來，我們的啼叫，高興，玩耍甚至於搶東西貪吃，這些都是可笑的。不是嗎？我們活得很可笑。

「咯咯——高哥……」黃脚仔在我身旁走來走去，一臉惶急不安。

「黃脚仔，我走了。不要貪吃，長得太快要倒霉呢！」我說。

「太快了，高哥高哥……爲什麼！」

一陣淡淡的香風撲過來，我沒來得及回答，阿涼嫂就把我提起來。陡地，脖子腦袋發脹了，頭暈眼花；我趕緊緊閉眼睛。我被脚上頭下地提起來吧？同伴們似乎驚慌得跳躍叫喊，黃脚仔的叫聲最尖銳。我已經不能表示什麼。我已完全暈過去。

不知道經過多少時候，我醒過來了，是阿涼嫂不管我死活，抓緊我的翅膀提起痛醒的。睜開眼，因爲暈得厲害，看來什麼都在搖晃轉動。

「現在，沒再大的鷄，就這隻大些，請同我收起來。」阿涼嫂笑呀說地，把我遞給一個胖女人。

「嗯，唔，不要啦！」胖女人說，胖先生也說。她一面說一邊把我接過去。

「妳安心，我會替妳盡力，不過……」胖先生說。

「好好，這個，將來事成一定會答謝尤先生。」

「不是將來，因爲這件……」

我沒聽完他們囉嗦什麼，因爲我被捉到屋後面來。這裏的房子高大漂亮；我們住的也是，可是伙伴兒太多，而且和呆頭鵝臭鴨子擠在一起，所以並不比阿涼嫂那邊舒服。

——很久很久我才知道，這個胖子母的叫尤太太，公的叫尤先生。尤太太餵我們的都是最好吃的東西。尤先生和尤太太一樣，好像很喜歡我們，常常來看我們；說哪一隻長得肥，哪一隻漂亮。

我們看來是很幸福的樣子。唉唉，其實並不。我很快就看出來，尤太太一家人，都是狠毒的傢伙；他們好像特別喜歡吃肉——我們和鵝鴨的肉——而且常常來一羣人，嘻嘻哈哈地在屋裏喝酒。當然，我們又得倒霉啦。我記得，好像日頭出來兩次，我們之間就至少要送命一個。

這實在是很可怕的日子。在恐怖中，我想出一個保命的方法：那就是儘量少吃東西，好味道全讓牠們搶去，我只躲在一旁吞口水；吞口水是很苦的。

「歪冠仔，眞沒用，這麼高大，不敢搶食。」我來這裏就被叫做「歪冠仔」。牠們笑我。我苦笑，或者低下頭裝作沒聽到。我實在想告訴牠們我的秘密的，可是我不能。我知道這樣是自私一點。但是如果牠們都像我這麼枯枯瘦瘦，我就和大家一樣危險了。唉，爲了保命，有什麼辦法呢？

在這裏，還有一樁最難受的事，那些小孩子太壞了，他們欺負我們，好像這樣做能得到很多快樂。尤其阿盛仔那個傢伙，他特別愛抽拔我們翅膀的硬羽管；我們哭叫流血，他却最高興。尤太太餵我們，她一轉身走開，他就把盛滿食物的小橫盆兒翻倒過來，讓米糠飯粒散滿地上，看我們又抓又啄地忙得張嘴直喘，他站在一旁樂得直笑。

「他們人，爲什麼要這樣？」我問小紅臉牠們。

「不知道。」

比起來，阿涼嫂對我好多了，我甘心情願跟着她吃難吃的東西過日子。

可是她爲什麼又要把我送給尤太太呢？我愛她又恨她。

「人眞是很奇怪的呢？」我常這樣想。

我來尤家不久，好像阿涼嫂來過兩次。我還以爲是來捉我回去呢，那知道她第二次來後不久，我倒霉而可怕的命運便臨到啦。

* * * *

那天，尤太太餵我們糠飯時，胖胖的尤先生走了過來。他臉臭臭地，看我們。不知是哪個又要倒霉啦。我低下頭，躲到後面。

「不要氣成這樣吧。」尤太太說。

「那個惡婦這樣亂宣傳，不得了哇！」

「送警察局嘛！告她！」

「不行，」尤先生大聲說。他一晃腿，把小紅臉踢得好遠。

「你眞的要上城隍廟咒誓？」

「還是說笑的？我約好多人。快給我捉一隻雄鷄！」

城隍廟，聽到過。那是最愛吃我們鷄鴨的傢伙。咒誓是什麼，就不知道了。

我正想著，冷不防，尤太太一伸手抓住我的雙脚，把我倒提起來。完了，我想。什麼咒誓，還不是殺了我，拿我去給城隍廟吃！我不再跳叫，隨便她去吧。

那些同伴兒被用菜刀宰割的慘狀，一個個浮上眼前。就沒想到，這麼快我就要遭受這一刹那……。

尤太太一直在嘀咕什麼。可是她並不去拿菜刀飯碗那些；她把我裝進小竹籠裏，放在客廳飯鍋架下面。

胖胖的尤先生穿著很多黑黑的衣服，脖子上還掛一帶黃色的花布條子。他看看竹籠裏的我，一聲不響地把我提起來，然後放在噗噗車後面的鐵架子上。

「我要不要去？」尤太太很害怕的樣子。

「去吃飯？叱！」他火氣眞大，說氣就氣起來。他把車子弄響了，好像這才突然想起一件大事，把尤太太叫過來：

「把新菜刀拿來，報紙包好。」

尤太太把菜刀遞過來時說，用完要帶回來。他說，廢話。他不再理會尤太太還在講什麼，噗噗車噴一股煙就向前衝。我驚叫一聲。

外邊好冷好冷。躺在籠裏，不像被倒提著那樣頭暈腦脹眼昏花，但車子顛得要命，我的翅膀腦袋不斷碰打着竹籠子，也就夠我受的啦。

車子剛到巷子口，迎面來了三輛噗噗車。他和那些人咬牙切齒講了一陣，然後他們調轉車頭，不要命地向前衝。

「把那婦人叫去了沒有？」他問。

「她到了。還是一口咬定！」

「里長和張文畢、孫堯壽幾位呢？」

「李家福到了。幾位議員也答應捧場。」

「活動附近百姓參加，成績怎樣？」

「請放心。城隍廟前已經人山人海。」

喔！眞是好多人。我想這就是城隍廟的地方吧。他下了車，手提紙包著的菜刀，向大家直笑，打哈哈；我被一起來的另外一個人提著，跟在後面。

「嚇！尤議員來啦！大家讓開！」不知誰在喊。

有人說大家鼓掌歡迎。接著拍拍拍掌聲響了起來；還有劈劈拍拍的聲音，大概是放鞭炮。

我被放在一張桌子上面。這裏是很奇怪的地方。不知道什麼東西很香。在屋裏，很遠那邊，很多坐著不動的人，他們有的沒穿衣服，有的舌頭伸得好長，那眼睛像黃毛生的蛋那樣大。尤先生那樣子很快樂，向大家笑，和好多人握手。我不去想什麼要命的事啦。我忙於看這些奇奇怪怪的東西；會動的和不會動的，都很好看。

「喂！妳！妳也過來！」尤先生突然大聲叫人。

「阿涼嫂，發什麼呆？尤議員請妳過來！」

什麼？阿涼嫂？我大吃一驚。可不是，她走了過來，她手上提著一個——

「黃脚仔！啊！是她！是黃脚仔！」我儘眨眼睛，我……。

「高髻冠！高哥，高哥！」是她！是黃脚仔！

「妳，黃脚仔，妳……」我不知道說什麼好。

「你還在呀，高哥，你好嗎？」

——那些人，忽然靜了下來。我和黃脚仔只靜靜地對看著，暫時不吭氣；我想聽聽他們要什麼花樣。

「各位議員先生，里長，各位父老兄弟姐妹……」是尤先生沙啞低沈的嗓音：「兄弟尤舞德蒙大家愛戴，連任議員十二年。這次受到天大的寃枉，今天要在城隍爺面前剖明心迹。」

他被寃枉？這是什麼意思？我問黃脚仔，她也不知道。他繼續又說：

「事情是這樣：這個婦人——阿涼嫂，過舊曆年時私宰一條猪，被查到，判罰二千五百元。

她來求我去說情，我說沒辦法；她拿一包錢請我去送紅包，打通關。我說這是犯法的事，我幫不上忙。」

「幫不上忙，你就不該拿我一千五百元！」阿涼嫂說。

「我根本沒拿她的錢，她被罰了，不甘心，硬賴我拿了她的活動費一千五百元。她是怪我不肯幫忙，所以整我！其實這是無能爲力哪！」

「我是一個寡婦人家，有天大的膽子敢賴你大議員？」

「我尤某人豈是貪妳小小一千五百元的人？」他看來是氣得要死啦。

「誰不知道，你到處要錢，像個湖蜓！」

「阿涼嫂：我知道！」他突然笑了起來：「妳是被人利用了，被我的政敵利用來打擊我。」

「我只求你還我錢，我不知道什麼利用不利用！」

這眞是糊塗帳。我問黃脚仔知道不知道。她反問我——說我在尤家這麼久才該明白的。尤先生和阿涼嫂你一句我一句地，好像我們小鷄公對唱那樣。

「各位父老：爲了我的人格，爲了我的政治前途，今天我要在各位面前，向城隍爺咒誓！」尤先生說。

「我也要咒誓！」阿涼嫂說。

「我斬鷄頭咒誓！」尤先生向我一指。

「我也斬鷄頭！」阿涼嫂把黃脚仔提起來。

黃脚仔驚喊兩聲：「滑稽！滑稽！」

「可惡可惡！可惡介！聽清楚沒有？人咒誓却斬我們的頭呢！」我忍不住大叫

「什麼？殺我們？」黃脚仔只顧看熱鬧，忘了自己。

姓尤的傢伙和阿涼嫂這個惡婦人又大吵特吵起來；那擠在一堆的人們，指手畫脚，睜眼睛，掀鼻翼，儘張嘴，比大羣鴨仔爭奪蚯蚓還要吵鬧。

「開始啦！嘀！來看把戲喲！」有人在喊叫。

「來呀！把照相機拿過來！」

大家的吵鬧陡然靜默下來。那兩個傢伙不知什麼時候起跪在地上；我和黃脚仔被並掛放在前面的桌上。在我和她之間放一個圓圓的砧板和兩把菜刀……。

「高哥，我，我怕……」黃脚仔臉色變白啦。

「嗯，黃脚仔，我們一起……也好。」

「那，那菜刀砍下來，痛不痛？」

「不知道。大概會。不過不會太痛，反正一下子……」

「對。高哥，不要怕它就是。只不知道誰先？」

我的回答被突起的爭吵掩蓋掉了。兩個傢伙在爭執誰先發誓：

「我尤舞德如果吞沒了人家一千五百元，全家不得好死，我就像這個鷄一樣——身首分離。」他向我一指說。

「我陳何粉妹如果沒拿一千五百元給尤舞德，寃枉他，我也像這隻小母鷄，砍頭分屍！」她指著黃脚仔咬牙切齒地說。

「我，我怕，高哥……」黃脚仔全身抖著。

「別怕，黃脚仔，有我呢，我喜歡妳……」我終於說出最重要的一句話。

「快呀！快把鷄頭砍下！」一個人大聲說。

「別了，高哥，我也喜歡你，只是來生我不要當鷄仔啦。」黃脚仔被放在砧板上。

「我也絕不當鷄仔！」我怒火直冒，並不覺得害怕。

「我要當人。」

「不不！我們不要當人！」我聲嘶力竭地喊。

惡婦人猛地站起來，她把剛才說的話再說一遍。然後拿起菜刀——黃脚仔剛張嘴想和我說什麼，可是沒機會了。白晃晃的菜刀一閃，「毒」一聲，那小小的頭跳起老高，「噗」一聲摔在我的右邊。

「……哥……咕……」那個頭發出沙啞的聲音，接着嘴巴緩緩張開，流出一點血水，然後又閉上一些。那切斷的傷口一片鮮紅，連眼睛冠肉全是血漬。

耳邊傳來人們混雜的叫喊聲，笑聲，還有那個兇惡的胖子咒誓的話。

……………………。

（一九七一）

猴子・猴子

六月天。太陽就要下山了，還熱得要命。

阿東和夙英都用力呑口水，我跟著喉頭也咕嘟嘟響。他們正好抬頭看過來；我們抿嘴笑笑，又趕快看緊谷缸伯的雙手。

谷缸伯的大大紅臉上一直掛著笑，門牙好白，正好使兩邊的蛀牙脚看得更清楚：又黑又大的怪窟窿。

胡瓢裏的螺仔肉（就是大蝸牛），準有半碗公。他又拿起一個拳頭大的螺仔，右手拇指和食指用力一擠，螺殼便迸裂成幾塊掉下來。脫了殼的螺仔，一陣「吱吱」輕響，那前半個螺身收縮成原先的一半那麼大，上面黏液直流；媽說那是螺仔的血——白血。螺身的後半是腸肚，一下子拖伸開來，像帶油網的鷄腸子，圈圈轉地，很好玩。

谷缸伯揚揚右手，一晃那沒殼的螺仔，嚇唬我們。他用左手中食二指把螺仔一捋一扯，腸肚便摔在地上；再揚手，螺仔肉就又投進胡瓢裏。

「呃！那個，爬出畚箕來啦！」阿東大聲怪叫。

「哈！跑不掉的。全都要被吃進肚子！」谷缸伯出手捏住那個螺仔伸得好長的頭頸，又是「吱吱」響。

螺仔肉炒韮菜、炒西洋瓜，很好吃，這是不久前跟谷缸伯學的。現在村裏十幾家，每個人都敢吃螺仔肉了。每天清早黃昏，我們小孩都到各處找螺仔；有時幾個人看到一個，你搶我奪，結果把螺仔扯得稀爛。

螺仔肉好吃，可是宰牠是很困難的；尤其腸肚去掉後，再要除牠全身的黏液最不容易——最先是在胡瓢裏放兩碗灶灰，然後用力攪拌揉捏，直到灶灰變成黏黏的膠團，才把那縮成拇指大小的螺仔揀出來；把這螺仔肉上的灰洗淨，再放一把鹽去揉捏。這時滲出的黏液黃黃的，又韌又滑，很像感冒久了咯出來的濃痰一般，使人看了就想吐。

有什麼辦法呢？配給的豬肉越來越少，媽、二哥、我和妹妹四人合起來，每月配到的豬肉，一個人只分到兩三塊，所以我們常常發「痧」；嘴裏總是淡淡的，口水收不住，有時不知怎地就流出來。不信，看看我們的胸前、脖子，都是一塊紫、一塊紅紅地，那是「捉痧」留下的痕迹。

本來，媽一直不肯我們跟谷缸伯學吃螺仔肉的。

那天傍晚，我們剛吃完竹筍稀飯，媽在洗碗筷時，突然倒在地上；她臉色青青地，嘴邊直冒白沫，手脚顫抖，眼睛向上翻，看來全是白的。

膽小鬼夙英哇地哭起來，我被她一逗也哭了；但馬上想到住在隔壁的谷缸伯，於是我在門口大聲喊他。

「怎麼啦？」他端著碗走出來。

「媽倒在厨房！」

他轉身就跑過來。接著，下屋的添富嬸、見祥叔等都趕到。

「又是發痧！」谷缸伯搖搖頭。

「我看不一樣，會是……」

「不是瘂狗痧吧？」

「瘂狗痧」？我一聽，忍不住放聲大哭起來；夙英撲到媽身邊，也尖著嗓子喊。我們都知道，這「瘂狗痧」，一發上就準沒救哇！

「快，扶起來！」谷缸伯叫見祥叔幫忙：「讓我替她捏背筋！」

「我去弄碗薑湯試試！」添富嬸說。

「不行！薑汗散血，妳這不……」

「阿泉！還有沒花生米？」見祥叔問我。

「用光了！」

每次我們誰發痧，「捏背筋」「捉痧」後，就拿出平常藏著的花生米，用小石臼搗碎，生吃下去，這樣痧就解掉。

「我還有一點，我回去拿！」

「不用——醒過來啦！」谷缸伯吁口氣，向我說：「去！我桌上有一大碗炒韮菜的東西，還沒吃，端過來！」

「是什麼？」我邊走邊問。

「快！問什麼！」他兇兇地；平常，他不是這樣的。

噢！是一碗公螺仔肉！媽一再禁止我和妹妹吃的，她說髒死啦。難道要給媽吃嗎？我不想端回來，但又不敢。

谷缸伯接過碗公，向我瞪一眼，回頭對媽說，這是吃剩下的蝦蟆肉；是昨天到下莊田裏捉的，要媽趁熱吃。

當添富嬸接過碗公要餵媽時，我張口要阻止；誰知谷缸伯伸過來那紅得發黑的臉，又狠狠瞪住我，我只好咽下話頭。

媽吃了螺仔肉，不一會兒就挺身起來；她看看大家，笑笑，大家也笑。這個晚上，我翻來覆去總是睡不著；沒把螺仔肉的事，給媽說清楚，就是不舒服。

我下了決心，轉一個身，挪向媽身邊；可是，媽的樣子，把我嚇壞了。由竹片壁的縫裏鑽進來的月光，正射在媽臉上，所以看得清清楚楚：媽睜大眼睛，一動不動地；兩邊眼角，一粒一粒的淚汁，不時滾落下去。

「阿泉，怎麼還不睡？」媽問我。

「我，我要告訴妳：剛才妳吃的是螺仔肉——谷缸伯騙妳！」

「……」媽沒說什麼，也沒嚇一跳。

「媽，我們養兩隻豬，爲什麼不留自己吃呢？」我說出了很久很久想問的話。

「那怎麼行！」媽笑得很不好看：「等賣豬時可以多配給一些，那時就能多吃一點！阿泉！快睡！」媽說得很慢，好像她也和我一樣，心裏一想到吃豬肉就很快樂。

從這以後，我們這裏就沒誰不吃螺仔的了；從這以後，也比較少聽到發痧的。谷缸伯對這事最高興，他說：「沒有豬肉，你硬要豬肉才吃？餓死你！人，沒什麼不能吃：地上長的、天上飛的、水裏游的，都可以。現在是亂世，戰時，要熬得過的人，才見得到太平年！你想活？吃吧！螺仔肉最多養分！」

「你六十多歲了，還這麼健壯，是不是吃螺仔得來的？」桂霖哥他們半開玩笑地問。

「呵呵！可不是！我要把自己保護得壯壯的，我要活到戰事結束，我要……」他講到一半的話突然吞回不講，就愣愣地直瞪人！

「要，要什麼？」我不服氣，問他。

「小孩子，懂什麼！」他綳緊的臉一下子又綻開笑容：「來，年輕人，小孩子：讓我告訴你們，怎樣找螺仔的洞穴，怎樣宰螺仔，怎樣炒、煮……」

「還有！」不知誰這麼撩他。

「對！還有教你們捕蛙的手段！」他一本正經。

「你說青蛙？」

「可不是？螺仔很快就要被吃光呀！下一個是蛙仔！」

「蛙仔也能吃？」

「當然！你要活下去就得吃！」

「把蛙仔吃光了呢？」

「吃光了，就吃蝗蟲、蜻蜓、蚯蚓……」

噢！谷缸伯，看這個怪人，眞是！

* * * *

谷缸伯是一個怪人，也是全村小孩最喜歡又最怕的人。他不種稻，年節却有米飯吃——大家送他的；平常吃的是蕃薯——撿來野生的；他從不養鷄鴨，却三幾天總有肉吃——魚蝦、螺仔這些肉。他四季都穿那件葛薯染的灰黃色衣褲。他自己說一年只洗三次澡：大年夜洗澡迎新年，八月半洗澡拜「月華」；還有生日那天，洗澡好拜祖先。

「天天不洗澡，不怕臭蟲，不怕跳蚤！」他說。

「你的臉為什麼這樣紅？」我這樣問過他。

「因為我天天吃好東西，又不洗澡，身體好啊！」

「當眞？」

「常洗澡，吃的營養會沖掉，太可惜！」

「哼！你騙人！」

「誰騙你？哼！你不相信，我也不相信啦！」他忽然兩腮鼓鼓的，不知道是眞氣還是假的。

他最愛和小孩玩，雖然只是一個人，偌大的房子裏，却常常擠滿了人。不過，三五天他發起怪脾氣就不同啦；說故事、唱歌，本來好好的，他會突然沉下臉來：「現在大家馬上走開，我要關門！」

「為什麼？」

「我要和我的兒女講話！」他不高興啦。

「這裏？沒有嘛！你沒有太太，也沒有孩子！」

「放屁！閉嘴！滾！」他發狂了，兩眼比龍眼殼還大，好像裏面要噴出火來。

我們嚇得直哆嗦，乖乖溜出來，可是到了下午或第二天，他又掛著笑臉到處找我們，把我們連哄帶拖地通通叫到他房裏去。

「剛才，唔，昨天，很對不起，我……」他很不好意思的樣子。

「谷缸伯：你和你的孩子講話了嗎？」

「沒，沒有！」他更難爲情了，紅臉變成紅柿子。

「以後不要對我們這樣兇，好嗎？」

「是，是！你們是好孩子！」他說著說著，雙眼一直，自言自語地：「是的，孩子……他們，可愛，他們也就是我的孩子……我愛……」

他的樣子又使人害怕；但多次以後，就單覺得好笑。每次他趕我們走、我們就走，要我們回去、就回去。

「爲什麼谷缸伯會這樣怪？」有一次我問媽。

「我問你：你最想念誰？」她反問我。

「爸爸！還有，大哥！」我不用想就說。

「是啊！你很小，爸爸就過世了，現在一定想不出爸什麼樣子了，但你會想他；你哥哥在南洋當兵，所以你也記掛他不是？」

「嗯。」

「好了，谷缸伯想念兒女，太太，想得迷迷糊糊的，有什麼怪？」媽像也對我有點不高興。

「他不是一個人嗎？」

「他有二男一女，一次大火災，全被燒死了；太太傷心過度，發了瘋！」

「什麼時候的事，在哪裏？」

「在很遠的南部，那時你還沒出生呢！」

「那，他太太呢？」

「一直在用草藥治療，後來，死掉了。」

「我怎麼不知道？」

「小孩知道什麼！」

「喲！谷缸伯會不會也……發瘋？」

「多嘴！你！」媽不理我，轉身走開；不過，她走幾步後，說了一句：「天天轟炸！老的少的，都送到外國去送死，誰都會發瘋！」

媽的很多話，我都不大懂；這並不重要，我關心的是谷缸伯的事——這個滿臉紅紅亮亮、總是笑著的老人。我第一次看出，他有時也是不笑的；不笑時，眉頭堆得很高，那臉上的紅光，也帶了些暗灰色。

「他很可憐，他心裏一定很寂寞！」我告訴自己。

谷缸伯在村裏，原先，除了小孩和伯伯叔叔他們外，一般青年並不尊敬他，有時還找方法逗他、欺負他。

記得是前年，快近舊曆年的「尾牙節」那天吧，中飯後，媽逼我睡，我不睡，後來她睡了；我正想溜出來，突然谷缸伯家那邊傳來很多人的笑聲。

「二哥，你們在做……什麼？」我看到大哥也在呼喊著，他們，有七八個，都是快要『去南洋』的那個歲數的人。

「哈哈！我們要把他抬到河裏洗澡！」兇霸霸的二哥，這回笑得眼睛和眉毛成了一條黑線，嘴巴張得可以塞下一條大蘿蔔。

「他不洗澡的嘛！」

「所以強他洗呀！」

「外面……溪裏太冷了，會流鼻水咳嗽哇！」

「我們替他煮水，他不洗，只好請他去沖涼啦！」

我從他們身邊擠過去，進厨房一看，眞的，大鍋裏白汽直冒。

「嘀！不、不要！你們再鬧，我生氣啦！」谷缸伯像我常常撒賴的那樣，兩手抱著眠床邊的柱子，任人拖拉，就不肯放手。

「我不怕你生氣！你不洗熱水澡，一定把你扔進『彎潭』裏沖沖涼！」桂霖哥硬不放手。

「快過年了，過年我一定洗！」他在求饒。

「不行，就要現在！」

「再拖，不放手，揍人了！」他氣急了，臉上一塊深紅、一塊發白。

「打呀，我們不怕！你打人不痛的！」

「你們忘了，我，我……我身體很壯！」他在嚇唬。

「哈哈！一句話，你洗不洗？說！」大哥好像在呵我們小孩；人家被他欺負，可沒他那麼氣哩！

「不！洗熱水，會傷……元……氣！」

好啦。他沒說完，不知誰向他胳肢窩裏搔去。他是最怕這個的，一下子就軟搭拉地笑成一團。大家就呼呼喊喊把他架出去了。

「不好這樣嘛！」我眼眶一熱，滿肚子氣向喉頭衝。

「唔！把這個拿著，快跟來！」二哥向我臉上拋來一團軟軟的東西，是谷缸伯的衣褲。

「你怎麼不打他們呢？跑掉也好呀！好可憐！」我拚命趕去。

「彎潭」在我們村莊左邊。陡急的山溪水沖到一個大石頭上，接著是很平又轉彎的寬地，所以就成一個水潭了。這裏水並不深，不過被很多樹蔭遮蓋著，水很冷。

當我趕到時，沒想到，那搞鬼的七八個人，像木樁插在地上，呆呆地，眼睛和嘴都張得好大好大……

谷缸伯站在那個水沖刷著的大石頭上，只穿著長褲，上身赤裸，在洗澡！

現在，那白白直直、濺瀉下來的溪水，剛好全打在他光光禿禿的尖頭頂上；水被頭一頂，就四方飛散開來，像潑出去的臉盆水，一扇扇包住他的身體。

「呵呵呵！眞涼爽喲！」像那回在這裏捉住一條鱸鰻時的笑聲，使人聽了忍不住要跟他笑。我捧著衣服，愣愣地站在那兒；不知經過多久，直到他把衣服接過去，我才醒了過來。

「你？谷缸伯！你沒什麼吧？」

「我很好哇！看，把那些大孩子都嚇跑了呢！」

「啊！他們……」這才知道，潭邊只剩下我們倆。我眞不相信他沒被凍壞；我想他的笑是裝的，好可憐噢！如果他太太還在，如果他的孩子還在，如果他不這樣寂寞，他就不會和我們小孩、還有二哥他們玩兒了，那也不會受人這樣欺負……。

想著想著，我忽然覺得臉上癢癢暖暖地，不知什麼在爬動。

「呵呵！阿泉仔眞是個良心人哩！」他拍拍我臂膀，在耳邊小聲地說：「谷缸伯沒關係的！哼！說不洗澡，是騙人的，我只是不洗熱水澡——人，是天生天養的，洗天然的冷水才對。嗯，這你不懂。」他回頭看一陣，又說：「告訴你，你別告訴誰：我是差不多每天晚上洗澡的，都在這條溪裏洗冷水哩！」

「眞的？」我看他又在說笑話。

「谷缸伯的身體，銅皮鐵骨，從小練過的！」

「什麼？」

「沒什麼！以後你自然知道。我們回去吧！」他笑得好開心。

是的。他說的「以後你自然知道」，到舊曆年的前兩天晚上，我就知道了：

那是晚上，不，是公鷄快要叫的時分，我被吵鬧聲催醒了。伸手一摸，二哥不在床上，我跳下床，走出來：門是開的。

「捉住他！別放走了！」

這是我家右下面——阿東家那邊傳來的。我連爬帶跌地趕到柴堆上看：怪！阿東的籬笆內有幾隻火把，人影亂動。好像大家圍著兩個高高的大男人。

「嘿嘿！你們想捉住我，送巡察大人？哼！別忘了，你們過舊曆年蒸甜粄，犯法的！」又粗又啞的聲音。

「快天亮了！我們包圍著，看這賊仔有幾隻手脚！」好像是大哥的聲音。

「亮傢伙吧！我們衝！」另一個沒聽過的聲音。

「喂！乖乖兒把甜粄、鷄鴨放下，讓你們走，聽我說吧！」是谷缸伯亮亮的嗓子。

「甜粄和鷄鴨我要帶走！讓開，我手上的傢伙不認人的！」

火光中，看得清楚：兩個大男人都一手攬挾著大包東西，另一手各拿一把沒看過的長刀子，向大家逼過去。

「慢著！讓我來！」谷缸伯排開人，走上前去。

「谷缸伯！不！」很多人喊，我也喊。

我實在不敢再看，不過，又不能忍住不看下去。

「你敢？滾開！不要命啦！我……」

「嘿嘿！是誰不要命！」

「來吧！老頭！殺！」

「嘿！唰！呵！」是谷缸伯。

「哇啊！」

「喲喲！」

「媽呀！」我哭了，脚下的木柴一滑，我仰天倒下去。

我沒自己爬起來。哭得很疲倦，迷迷糊糊地，被人扯著耳朵，後面又推著，送到床上——我隔著淚水，看到媽、大哥、二哥和夙英都站在面前。

「谷……谷缸伯，死啦？」我又嗚嗚不能停止。

「嘻嘻！」他們笑了？

「谷缸伯把賊牯的刀子扔掉，也把人打倒在地！」媽說。

「賊牯一拐一拐地走了！」夙英說。

「……」我是在做夢吧？

「沒想到，谷缸伯會打拳……」二哥的聲音，他像肚子痛。

「眞見笑啊！我們！」大哥長長一嘆。

「那，甜粄和鷄肉鴨肉呢？」我忽然想到。

「快睡！看巡察大人來細走你！」媽大吼一聲。

我不再吭氣，擦乾眼淚，躲進被窩裏。正想好好想想谷缸伯，誰知大哥二哥也不睡啦，躺著在大聲談谷缸伯怎樣打賊牯……。

* * * *

——谷缸伯就這樣被全村莊人談著。

我們沒肉吃，他教大家捉螺仔；最近螺仔差不多全吃光了，他就領先吃蛙仔。

「蝦蟆有人吃，小蛙仔怎麼能吃？」那些大人直搖頭。

「蛙仔和蝦蟆，除了大小，什麼地方不同？傻瓜一個？蛙仔沒皮沒骨地，吃起來，就像帶軟骨的豬排骨，也像豬耳朶哩！」谷缸伯耐心地勸大家。

好久沒吃螺仔肉，早飯、中午還有半夜，又常常發痧，嘴裏發淡發鹹，所以很想試試蛙仔肉。我叫二哥一起去捉蛙仔，他整天躺在床上睜眼睛，全不理。

這不能怪他，因爲不久就和大哥一樣，要入營，接著「出征」到南洋；聽說，去以前就要剪下頭髮指甲（大哥是這樣做的），做個「香袋仔」。這一去就很少能回來的了，所以二哥什麼也不理不睬啦。

我沒法，打算自己去捉，可是現在不是熱天，下莊的稻也收割了，田裏一定沒蛙仔，那要到哪裏找呢？我正急的時候，有一天中午，谷缸伯把我拉到他的厨房裏；不說一句話，打開鍋蓋，向我呶嘴擠眼。

「啊！這麼多蛙仔肉？」好香喲！我叫起來。

「吃吧！我知道你愛吃的！」他遞過來一雙筷子。

我也就不客氣，挾起來大吃特吃。

「等你吃夠了，我帶你釣蛙仔去！」

「現在就去？不是早上，也不是有月亮的晚上？」

「是啊！現在已經秋涼，躲在石窟窿的蛙仔，只中午時分才出來的！」

「田裏，一個都沒有嘛！」我就不知道他是去哪裏捉。

「傻瓜！田裏還有蛙仔？現在就單單山溪裏有『山蛙仔』哪！」

於是，他領我從「彎潭」起，往上段釣蛙仔；可是，釣了半天，只弄到兩隻。

「今年天涼得快，連山蛙仔都過冬去了。」他搖頭嘆息。

「那，那怎麼辦？」

「別慌，我帶你到『石壁崖』下去，山蛙仔全躲在那石壁縫裏的！」

「不，『石壁崖』有鬼！」我說著就想跑！

「傻蛋！光天白日，哪有鬼？告訴你：那裏的山蛙仔，長年不見日頭，又肥又白，最好吃——別怕！有谷缸伯呢！」

「那邊眞有鬼哩！大家都聽過鬼哭叫的聲音！」

他抓住我的手腕不放，我又急又怕，就放聲大哭。「石壁崖」下有鬼，全莊的人沒誰不知道，所以沒人敢走近那裏。聽誰說：從前，有人誤闖或打賭比膽子進入「石壁崖」下，就沒誰走著回來的；最後都是由大家拿著棍子、火把，呼喊著到崖下把那人抬出來——都直挺挺躺在那裏口吐白沫。抬回來後，灌下薑湯，睜開眼睛，就流眼淚，嘴裏直喊有鬼；接著，手脚一伸，死啦！

我一哭，谷缸伯就放開我，哈哈笑著，自個兒去了。我看他的影子在樹叢葉堆裏不見了，就坐在大石頭上發呆。

「石壁崖」，是一個很大很高很陡的大石板，頂上常常有雲霧繞罩著；沒雲霧的時候，是插進藍藍的天裏面的。石壁是紫灰色，上面除了幾叢藤蔓以外，全是禿禿的；好像斧頭劈過的那樣滑滑的。

在石壁半腰上，有五六個圓圓的洞，那裏住著一羣大大小小的猴子。

谷缸伯去捉「山蛙仔」的地方，就是那石壁脚底；溪水聽說是從那裏流出來的。

我坐得迷迷糊糊的，我想到叫大家來抬人了；不是嗎，谷缸伯去了這麼久，一定躺在那裏，口吐白沫啦。可是，我走不動呀！我想睡覺。

「呵呵！泉仔！你看！」

啊！谷缸伯的大笑臉！他站在眼前，兩手捧一包大概是野芋葉裹著的山蛙仔；打開一看，眞的，全是蛙仔，白白肥肥軟軟的，和田裏的全不一樣。

這個晚上，我們倆吃得好飽；吃不完，我把夙英叫來。她也吃了一碗，不過，一會兒就全吐出來。因爲她打擺子（瘧疾），上午發冷，下午正發高燒呢！山蛙仔全給熬出來啦！她沒福氣。

「谷缸伯，那裏到底有沒鬼？」我問。

「沒有！有很多山蛙仔、山螃蟹，還有，我看到好大的大山猴！」

「眞的？下次帶我去！」

他在搖頭。他說路不好走，白天也很暗，又有毒蛇，怕我危險。

「這個傢伙好壞，好自私！」我想。

以後，每隔三五天，他就到那裏捉山蛙仔一次，可是就是不肯帶我去；當然，我自己是不敢去的。後來，我氣不過，他走的時候，我偸偸跟在後面，看他不帶我去是什麼意思；可是，快到崖脚下，他一閃就不見了。這裏到處是毛蟲螞蝗，石頭長滿滑滑的青苔，我實在不敢再進去。

我恨恨地，正想轉身回去，却有怪事發生啦——谷缸伯在和誰說話。

「嘖嘖！阿山，來，下來啊！」是谷缸伯的聲音。

「……」

「噢！好大，好漂亮！下來！」

「……」

「阿山！嘖嘖！眞肥！來呀！」

「吱！吱吱！」

「呵呵！阿山！好精靈！……」

我眞想衝進去，可是雙脚直抖；我越想越氣——我氣谷缸伯。他自私！他騙人！他……

「他一定和鬼講話！對！一定是鬼！」

這樣一想，身體發冷發抖了，回頭就跑出來。回到莊裏，我把谷缸伯和鬼講話，還有他天天洗冷水澡的事，統統告訴玩伴。

「那他爲什麼不怕呢？」

「不知道！」

「大概谷缸伯也是鬼！」

「誰是鬼呀？」見祥叔聽到了。我告訴他那些自己看到聽到的。

「不要亂講！」他數說我們。

哼！大人都這樣的：他們說不相信，叫小孩子不要亂說鬼；可是，聽了以後，還不是偷偷地談論？還說谷缸伯實在是「怪物」——這全是我親自聽到的。

「還是不要讓孩子和他多接近好！」添富嬸這樣說過。

「是啊！我們不要和同鬼說話的人一起玩了！」我向玩伴說。

「對！我們不到他家，不和他說話！」夙英眞是好妹妹。

好啦！谷缸伯只剩下一個人了，我們誰都不理他，不到他家；他找我們說話，我們就不吭一聲，趕快跑開。

「泉仔！爲什麼？你們爲什麼躲我？」他跟在後面說。

我偷偷回頭看他一眼。噫？他好像要哭的樣子！我有點不好意思（都是我說出來的啊）。

他說：「泉仔，是不是沒帶你去捉山蛙仔，生氣啦？」

他說：「喂！你們嫌我髒，不和我玩，是不是？我馬上洗澡好了！」

他說：「是不是你們爸媽說，不要和我在一起？」

他說：「喂喂！你們不要這樣啊！我沒子沒女的，孤老一個，不要不理我好嗎？」

「大家看：他哭起來啦！」夙英縮著脖子說。

可不是嘛！他直揉眼睛，嘴巴張開——噫，那白白的門牙，怎麼不見啦？

「去和鬼玩好啦！」不知誰高聲說。膽子眞大。

我們就這樣和谷缸伯「絕交」了。

很少看到他笑嘻嘻的了，臉也好像沒這麼亮，這麼紅了。他好像懶得常去捉山蛙仔，總是關起門、一個人藏在房子裏……

這以後，大家漸漸把他忘了。我因爲也染上了打擺子，沒去注意他。

可是，在我們和他「絕交」一個多月，就是又快到舊曆年時候，發生了這樣一件事——

那是下午太陽懶洋洋偏西時候，我正爬在木瓜樹上想摘一個黃木瓜，突然聽到一聲女人的尖叫。我張望一下便看到：土地公廟旁，添富嬸連跳帶爬地向家裏跑。

我下了樹，來到她家時，左右鄰居、大人小孩，擠得滿滿的。

「鬼！鬼！在土地公石桌上！」添富嬸臉上一片青白。

「眞是白天見妳的鬼！」添富叔啐她一口。

「眞，眞的！黑黑……一身……毛！」

「走！我們去看看，什麼長毛鬼！」

「抓來煮爛了牠！鬼肉準比螺仔、蛙仔好吃！」

天哪！這羣大人發瘋了！一哄，全往土地廟跑；有的帶鋤頭柄，有的帶割草刀。

好哇！大人不怕，我也不用怕！我握緊拳頭也跟上去。到了廟邊，我急從大人褲襠鑽進去，看那鬼的模樣：

那是一個全身長著灰黃的毛、瘦長紅臉的鬼；比桂霖哥矮些，有谷缸伯那樣大。

「猴王！這是猴王！」誰悄聲說。

「怕不止六十斤！通靈了，這！」

「也許修鍊成精，來討土地公封的！」

是猴子？猴王？看！站起來了！眼睛射出黃光，紅臉越看越紅，上面還有細毛？

「吱吱！吱吱！」叫了，嘴皮咧開，裏面發黃的牙齒，又尖又細。好可怕！

「看！發威了哩，小心牠撲過來！」

「別讓牠跑了！大家圍緊點！」

「不錯，我們捉住牠！猴肉，好吃哩！每家至少可分上兩斤！」

「嗯！喉皮可以「避邪氣」，猴肉吃了可治打擺子、風濕；猴骨熬膏，不輸鹿茸、鹿鞭呢！」

「哈！你這是猴專家嘛！」

「吱！吱吱！嗬吱！」大猴子張牙舞爪，想向人撲過來！

「別後退！別後退！用刀子砍牠！」大家嚷著，可是還是步步後退！

「噯唷！」桂霖哥大聲叫著，人，往旁邊急倒。

「啊！跑了跑了！追！追！」

現在，土地廟前前後後都是人。猴子往蕃薯園竄過去了。牠實在有桂霖哥那樣高。跟在牠後面的，是手拿棍子刀子的大男人。

好啦，一到寬大的蕃薯園裏，大家又圍上去；可是，沒誰敢去捉或砍牠。

不一會兒，猴子又逃出包圍；可是，走幾步又被圍起來。到天全黑時，猴子又被趕到土地廟裏。

這時，很多人點燃了火把。風很大，紅紅的火舌，在黑暗中伸呀伸地，眞妙、眞美。

「吃猴肉，還早呢！」媽一手牽我、一手扶夙英，要我們回去吃晚飯。

「猴肉，眞的好吃？」我問，肚子好餓噢！」

「不知道。不過，你們的打擺子，會斷根了！」

我吃下一碗一條條的蕃薯，就趕回土地廟來，猴子還在那裏；大羣人，又是火把，又是棍子、刀子，又緊張又高興地守着牠。

「看樣子，晚上動手不方便，只好守到天亮了！」見祥叔說，

「是啊！明早我們用亂刀劈死牠，算了！反正一領猴皮，能分給誰呢？」

「就這樣辦！現在每十個人守兩小時，時間到就換班……」

這晚上，我可全醒著，直到到處公鷄叫了，我迷迷糊糊地，像是睡著、又像正拿著門閂棍趕猴子。

「泉仔，醒哪！猴子被綑起來啦！」是媽的聲音，我跳下床，沒穿木屐就跑。

土地廟旁有一棵老龍眼樹，橫枝上掛一條痲繩，大猴子被綁著後脚倒吊在那兒，晃呀晃地；兩隻脚剛好著地，但使不上力，就好像在撈找什麼。那臉紅得發黑，眼白也是紅的。

現在，小孩和女人圍一個圈，坐在地上，指指點點，說得好高興。

「誰捉到的？」我問。

「添富叔他們。天亮時分，谷缸伯也是看守的一個，他打瞌睡吧，一個不注意，猴子就向那方向鑽。好在旁邊的添富叔衝前去，一揮砍草刀，劈中猴子的前腿……。大家一擁而上，就逮住啦！」

我細心一看：可不是？猴子的左臂胛連著左前腿有一條黑紅的刀口，旁邊的毛也全被血黏貼著。

一提到和鬼談話的谷缸伯，他就來了；最近都是這樣，沒精打彩地。和他一起來的，還有了不起的添富叔他們八九人。

「我看，就這樣分吧！大家都有份，但要求完全公平是沒法的事！」見祥叔向添富叔說。

「我說……實際動手抓的，嗯，這個，是不是可以……」

「這個……添富哥，你是第一功臣，你看……」

「我說過，我是不要求多分的！」

噢！他們是在商量分猴肉哩！我在認眞聽，嬸嬸姑姑說怎樣煮猴肉。

「泉仔，夙英！你們吃了猴肉，傷風啦、肚子痛啦、還有最毒的打擺子，全沒了！」媽說。她不知什麼時候來的。

大人商量得很久，看他們聲音越來越高，有人紅臉粗脖子，咬牙露齒，想是不同意分法吧？等到坐在龍眼樹下的女人們也參加爭吵時，媽拉著我和夙英悄悄回去。這時，可以煮中飯了，我這才想起沒吃早飯！

這個下午，大人除了一兩個在看守猴子外，全在添富叔家商量。媽不讓我進去，不知道他們談得怎樣，但到太陽下山他們還沒散就是了。

吃了晚飯，聽桂霖哥說，差不多談妥了。

「怎麼分？我要吃那猴腦，最補的！」這是媽告訴我的。

「反正每家都有一斤以上就是！」他是大人啦，懂得眞多。

我多穿兩件衣服，就又回到龍眼樹下，我要多看幾下；因爲明天宰了，就再看不到啦。三隻火把，照得很亮，我到時，剛好是他們換班；來接的，沒想到竟是谷缸伯和兩個大小孩——他們只有桂霖哥那麼大，算他們大人，我實在不甘心。

「阿泉仔，天氣太冷，回去吧！」谷缸伯衝我咧嘴一笑。久沒看到他笑、也久沒和他挨得這麼近了。他，老了好多。笑時，只在臉上平添好多好深的皺紋，顯得更醜更老罷了；我一點都看不出那是笑。

我沒理他。我專心看猴子。大概吊得太久了，牠的身體看起來很長很軟，兩隻前腿隨著身子的晃動沒力地擦著地。

如果不是那眼睛被火把照得發出綠光，我還以爲死了呢。

「我們走！我一定要這樣！不然，我寧願不要！」一個大小孩突然大聲喊起來。

「喂！我倆回去找人理論了，谷缸伯，請你看著吧！」另一個說。

現在只剩下我和谷缸伯了。我不願和他嚕囌，接著也站起來。他沒看我一眼，只是死死盯著那個猴子。

「挨不到天亮，快死了，可憐……」後頭好像傳來他的自言自語。

我走了一段路，突然想：奇怪啊？他怎麼說可憐呢？

「他會不會……把猴子遷到別處，自己一個人……」我腦海裏有了這個念頭。

我想了又想，於是放輕脚步又折回來，悄悄躲在他坐的石板右面的菅草叢裏，看他會不會動歪主意。

這時，月亮已經掛在半天，扁扁的、鬆鬆的，露水落在手臂脖子上，涼得發酸。

噫，他東張西望做什麼？我大大地奇怪著，不會是怕鬼吧？想到這裏，我一身寒氣直立，雞皮疙瘩層層凸起。

我提起脚，正要逃跑，可是他突然站起來，我只好趕緊再蹲下去。

「唉！可憐！你這個猴王……」他又說話了，一面向猴子身邊慢慢走過去。

「嚇！原來他……他眞的想把猴子偸走！」我站起來，走出菅草叢。

他靜靜停在猴子旁邊，又蹲下來摸摸猴子的頭……。

「吱……吱……」猴子叫了。沙啞，沒力氣地。

噯唷！他掏出一把亮晃晃的刀子！

「喂，你！谷缸……」我尖聲叫出來。

「啊？泉……仔？」他一轉身，好怪，手上是那把刀子。

「你……你做什麼？」

「我？」他好像笑了一下：「我想把這個——我的伴兒，放了。」

「什麼？你說什麼？」我直搖頭。

「泉仔：我說牠，算是我的伴兒！不是嗎？我，沒子沒女……」

「……」我不懂他這怪話的意思，我只有張口瞪眼的份兒。

「牠，我認得的，我到『石壁崖』捉山蛙仔，常看到的，錯不了。」

「噢……」我想起許多事情。

「不管怎樣，我要放了牠，讓牠回到自己的家去，讓牠和同伴兒在一起……」

「谷缸……伯！那猴子，你不能放！」我不聽他的話，我要阻止他。

「知道嗎？泉仔：昨天，牠被困在這裏，我就覺得牠可……憐啦！」他不理會我，自說自的。

「牠，不是你捉到的，你不能！」我急死了，我大聲喊。

「我知道，我甘心任大家怎樣處置我。」

「大家會恨死你！」

「是的，我知道，我知道……」

啊！說話中，他把吊猴子的麻繩割斷了。我搶前去的時候，連後跟上的繩結也給挑了。猴子趴伏在地上。

猴子輕叫兩聲，閃著綠光的雙眼，不動地盯著他……孤老頭；他也回看猴子。

「阿山，走吧！回去，等一會兒人來，就走不成了！」他向猴子說話。

猴子慢慢爬起來，看看他，轉過身子，準備走開……

「不，不行呀！」我衝上前去。

「泉仔，受傷的猴子，很兇的，你別走近牠！」他冷冷說。

「大家會恨死你！」我指著他說。

「我知道……明天，我會向大家認罪……呵！」他竟笑了，臉上有發亮的水珠：「泉仔，夜深了，回去吧！會受涼的。」他走了兩步，又說：「最好，現在你不要說出放走猴子的事，免得大家一夜沒睡，你也少些麻煩。」

猴子已經爬得老遠了，越爬越快；他，可恨的谷缸伯也走了過去。牠和他，好像都是走向山溪邊。

月光好亮，遠山近樹，全披上一層白茫茫的什麼。走在後面那個高大影子，和前面的多像啊！看吧！月光下，兩個猴子越去越遠啦！

烏蛇坑的野人

這是被遺忘了的時空裏，一羣遠離教化文明的人的故事。在迢遙的那個年代，百十個犯人，被放逐在這窮山絕地——烏蛇坑來；每日採擷限量的野生香菇，孝敬「大人」，官員。那些沒病死的，沒被毒蛇惡蟲毒殺的，在一次大變動後，大都回到文明社會來，回到故鄉去，尋友認親，或結婚生子。可是，幾個身心蒼老的，或其他特殊原因的，却一直留在烏蛇坑裏，過著完全野人的日子。本來再沒人知道他們的音訊了，可是一個月色蒼青飄著雨點的下半夜，從烏蛇坑逃出一位懷抱男嬰的女人，於是她透露了這些。當然，渺渺傳說，幾經隨意渲染，現在已成爲荒唐透頂，古怪又恐怖的「怪談」啦！

離開荒涼的山胞村子，再從清早步行到樹林頂上全黑時分，這才到經年不見陽光的夾谷入口。谷口是一灘老冒氣泡的沼澤。這裏全是三尺來高毛茸茸的毒草——「咬人狗」；不說是人，野猪野狗碰上它，眨眼間就會浮腫好大塊。

谷口兩邊，是千丈陡削的石禿壁，像兩扇紫灰銅銹斑駁的鐵門——山胞說它是惡蛇門。傳說是延平郡王的寶盾，用來鎭壓夾谷內，烏蛇坑的烏蛇和藍蜈蚣的——這兩種毒物，以「咬人狗」的沼澤爲界，從不濳出傷人；外邊也沒人入谷侵犯。

不過，烏蛇坑的野人除外。野人們在每年「冬至」「大寒」之間，要衝過這道「法界」，到兩日脚程的街鎭上販賣一年收成的香菇，然後帶回些年貨，尤其太白酒。

就這樣，年復一年過下去；出來的野人越來越少，而再回烏蛇坑的，更是半數不到。

今年，出來五個人；現在站在「咬人狗」邊兒的，却只兩個。他們擱下笨重草袋兒的年貨，在一塊大石板下，搜出用上幾十年的汚黃綁腿布，準備包紮定當，穿過毒草沼澤，回烏蛇坑去。

「嘀！快走，不然火把挨不到家啦！」紅臉的胖老頭說。

「滿身酒氣，怕什麼？」特瘦特長的另一老頭，嘴對著酒瓶口，骨嘟嘟直灌。

「猪精！每年，你的酒，就是到不了家！」

「紅猴哥你，半打酒，將來可讓點我！」

「呸！今年沒這麼傻啦！猪精！你休想！這回酒……」他突然鎖住話頭，吞了回去，一股懊惱湧上心口。

他們全是六十開外人。那個被叫做猪精的，不懷好意地朝紅猴咧嘴一笑，說：

「姬娜快生了吧？別再把她鎖在木檻啦！」

「廢話！你閉嘴！」紅猴這一來，圓圓的紅臉更紅，像紅柿子！

「呵！你家呆阿桶也有——種！哈哈！」

紅猴氣得直咬牙。他不是個笨嘴鈍舌的人，可是這檔事，只有乾瞪眼，在心底撕碎猪精一番。

四周驟然黑下來，遠遠近近，只描出奇形怪狀的輪廓，糾纏着，重疊着。沼澤上水泡的噗噗聲，蛇蟲的吱吱響，吸血「飛蛭」飛撲的咻咻聲，前前後後，此起彼落。

他們裝束停當，摸出治蛇的藥草，銜在嘴裏；看前看後，實在太黑了，不得已拿出火把點上，然後撥開「咬人狗」，從沼地邊兒穿過去。

「嘶嘶——唧吱！」是水蛇急竄的聲響。

「咻咻——帕！」一條好大好長的吸血飛蛭，搭在紅猴的耳聒子後邊，他拿近火把一逼，飛蛭便縮成一團滾下去。

「喲！深冬季節裏，這東西在相好哪！」猪精氣呼呼地罵起來——一堆乾草叢上，兩條花紋斑爛的毒蛇，緊緊絞著，像一條雙股麻繩子。

「哼！」紅猴重重哼一聲，心口上，彷彿被毒蛇猛噬一口，痛得要閉上眼睛——他不由想起前天晚上受夠的窩囊……

「嘿！我說，前天晚上，那個女人，眞棒啊！」顯然，猪精的意念也飄逸到那兒。

「猪精，看你，算了！」

「嘿嘿！別神氣好不？你紅猴呀，我知道最清楚，在山上，包括你那寶貝兒子在內，幾個男人誰都比不上你那麼『雄』！」猪精在嘲弄，也是在生氣：「你那些骯髒事……以爲我不知道？嘿！好一個紅猴伯！猴子最好色！你這個越老越好色的妖怪！」

「猪精，你是什麼東西，自己心裏明白！」

「我？哈哈！當然明白，你也明白！」

「告訴你！有一天，我會宰掉你！」

「你敢？你殺了我，嘿嘿！好多人會恨你哩！」這是滿含隱秘和暗示的口吻。

「走著瞧吧！」

兩個老而不衰的野人，說著說著就吵起來。其實彼此心裏都明白，那長年久積的怨隙，在這化外野地，隨時會被對方制死的；而自己也隨時會幹掉對方。不過，偌大的烏蛇坑裏，同類——人委實太少，少得連仇人都不得不當作親友，在寂寞難耐時，談談，鬥鬥嘴。

他們不再交談。越過沼澤區後，是一段崎嶇陡坡，他們努力撥開擋路的樹枝草莖，攀過巨石，爬過仄徑，擠過草叢，一口氣登到坡頂上。他們早已全身濕濡濡的。

從這裏往前下一條陡坡，那一片終年嵐煙白霧籠罩的小盆地，就是烏蛇坑。

「呵！休息一會兒吧！」猪精沒趣地，自個兒說完就坐下。

紅猴往前跨兩步，在一塊斜斜的石板上靠著。然後把火把擠熄。他在黑暗中，睜大眼睛，可是什麼都看不見，他乾脆閉上眼，這一來，那些不願去招惹的雜碎影像又兜上來。

「喂！怎麼不說話？眞氣啦！」猪精受不住這個僵持。

「沒有！」

「我一直在想前天晚上。嘿！」說著，猛呑口水。

「……」他沒吭氣。可是猪精那句話，使他眼前直冒閃閃金星。不錯，是被那些拚命抑制不想，却又不能不想的納悶事兒糾纏得喘不過氣來。

不錯的。紅猴他自已，還有烏蛇坑的每個人，都知道他是個精力充沛得可怕的老人，或者說，是個具有特殊體質的怪人，對於異性，是一種好像變態的強烈需要——不過，說明白些，烏蛇坑的男人，都有這麼一個共同的特點：像吸血飛蛭愛吸血一樣，強烈地需要，這也許是那種與世隔絕的環境使然吧？然而，烏蛇坑這個「絕域」，除了媳婦姬娜，和六十多歲一臉鷄皮厚繭的塌鼻婆外，只有一條大家共同飼養的老母狗和幾隻母鷄，算是「異性」的。所以，他一直活在抑壓，歪曲，污穢的痛苦裏。

他把「一線希望」寄托在每年一度出外的日子裏；那是高度濃縮的期盼，生命凝結的孤注一擲。可是，這個和猪精到那個地方，却留下他永難自解的憾事，不能復原的創傷：

傍晚，和猪精溜入那個半掩的矮門時，他已經全身筋絡緊縮，肌肉發硬，精神恍惚……。

「喲！這，這是哪來個生番？」

「哇！那長頭髮亂鬍鬚……」

燕燕鶯鶯，花枝招展的幌動人影，被他們一身穿著長相嚇得吱吱喳喳，相顧失色。

「接客呀！籠總好！要妳挑婿郎嗎？」老鴇呼喝著：「喂！老貨仔，我好嗎？」

「來嘛！嘻嘻……」

豬精被一個右脚微跛的女人領走了；年輕的姑娘都躊躇不前；站在他身邊的是上年紀的胖女人，刁着紙煙，斜眼盯他。

他被這個又老又胖的女人領進小木板床上。他一直運用不上自己的思維了；密集全部的意識在雙眼裏；雙眼盯緊那團凸突肥碩的臀股上。

「嘻！看你是三年不近腥魚啦！」女人把紙煙塞進他嘴裏。

「唔……」他呻吟著，他盡全部力量用眼睛「吃」這個女人。他微微感到自己四肢的顫抖。

「來呀！饞貓！」女人的眼神由睥睨而厭惡，而挑釁，最後凝結成濁濁的仇視，跳閃著狡黠惡毒的紫光……。

這是一團遙遠的激盪，凝結著的痛苦的快樂，生命原始的衝擊，悲哀的具體暴露，穿過寂寞自我的瘋狂發洩。

他在火星滿天中，內心可怕地清醒著，一種孤絕、冷冽的清醒。

「嘻嘻！哈哈！哈！哈哈哈！」女人的空洞苦澀笑浪昇起，昇起。

「啊啊！」他低下頭，他驚叫。他赫然發現自己，軟軟癱瘓在女人大腿與小腿彎曲處；一灘污水。

嘻嘻！哈哈！哈！哈哈哈！女人的笑聲從四方八面圍上來。脫下一副失血的影子在女人的裸體上，拖著受傷的身架子落荒而逃。他一口氣灌下一瓶太白酒橫臥路邊——被猪精弄醒過來。

「紅猴！怎麼啦？你！不自量力，吃得死脫，要你老命的！」猪精咬牙切齒向他吼。

「唔……」他不能說什麼，只是搖頭，搖頭。

「喂！你假如還不夠味，再玩一天好不？」

「不啦！不啦！這就回去！」他條然怒火高漲。

「吝嗇鬼！你比我饞千百倍，還省個屁！寧願回去幹不是人的勾當！哼！」猪精一肚子不樂意。

太白酒燃燒得猛，熄滅也出奇地快；現在他已逐漸清醒過來。他由恍惚進入奇特的清醒；又由清醒回到恍惚境地，然後再回到清醒。而這時，那歪曲了的怒火、怨恨、委曲、恥辱感，重重疊疊地爬上心版來。

「唉！不行了我！我完了！」最後他軟弱地作廣泛的屈服了。

「外面是個再也進不去的世界！回烏蛇坑去吧！我是烏蛇坑的野人哪！」

他就以這種心情，匆匆趕回來。

而那受了抑壓的，創傷的，被羞辱了的，被玩弄了的——慾望慾念，冷冰冰，僵死死地兜了回來。

而黑暗中，前面漆黑的翦影幢幢，兩隻狗的斷續空漠的吠聲傳了過來。

他們終於回到烏蛇坑。

天亮了。冬季難得的大晴天。白霧很淡，淡灰淡綠的陽光灑在這幾幢茅草蓋的房子上。紅猴伯的房子，座北向南，是一排長長的土砌矮屋；最東端是厨房，過來是阿桶和姬娜倆的臥室；西端是紅猴伯的床鋪。

現在，矮房中央的「客廳」，大家聚精會神地聽這次「出山」的種種趣事；這是烏蛇坑全部居民：塌鼻伯二老、猪精伯、和紅猴伯父子媳三人；還有二隻土狗，幾隻大小鷄子。不過，姬娜一人却離開大家遠遠地，蹲在土牆角落上，偶而向這邊投過來冷漠的注視。

姬娜肚子鼓得很高，顯然就要生產了。

姬娜用手不停地揉撫兩邊的脚踝——那兒有一道紫黑凹下的瘢痕。她在紅猴伯外出期間，一直被囚在屋後的一個大木檻裏，雙脚還用鐵鍊鎖起來。她是今早才被「放」出來的

「咭咭！我們烏蛇坑，人越走越少啦！」塌鼻婆講話像狐狸嚼櫟食（橡子）的聲音。

「我死，沒幫手打坑了！」塌鼻伯的沙啞嗓子，熱鍋上炒沙粒似的。他們的臥室，床鋪早拆

了，地上並排放著兩副沒加蓋的「壽材」，壁上掛著兩件灰藍色「壽衣」。他們倆，晚上就睡在「壽材」裏。

「別急！我不讓你們撂著風臭的！」紅猴伯說。他自己却是老早在屋角斜坡上，挖好「壽穴」。

「噢！我……」近乎白痴的阿桶，吸一口口水，才說下去：「我會打坑哩！」他是幫老爸爸挖過「壽穴」的。

「我說塌鼻哥，不用愁！烏蛇坑就要添丁啦！」一直在啃地瓜的豬精伯笑瞇瞇地說，眼角不時向姬娜瞟去。

紅猴伯忍不住也向媳婦兒瞥一眼，他的油紅肥臉好像掠過一抹兒藍青色；接著，他沒聲沒息地淡淡一哂。

塌鼻伯夫婦怯怯地看紅猴伯一眼，然後也相對空洞地笑笑。

阿桶看到大家在笑，也打趣呵呵，直睇人。

姬娜漠然的臉，一陣搖顫，幌身站了起來，走向後門外。

「阿桶！去……」紅猴伯指示孩子趕上去。

姬娜的脚步有點踉蹌，走了幾步，就又蹲下來；吐口水在手心，又輕輕揉擦脚踝。

「呵，姬娜！痛，是不是？」阿桶睜著白多於黑的圓環眼。

「……」姬娜冷然逼視他，深沉的眼神，很快被霧水淹蓋了，接著淚水滾落下來。

「阿，姬娜！妳哭？妳不要……」阿桶一急，就傻愣愣地盯著老婆；又像往常一樣，眨眨眼，眨眨眼，淚汁跟著滾下來啦！

「我知道！妳討厭我！我我——妳要走掉，我也肯，不過，爸爸要打我！」他斷續說。

「不，我不走了！」姬娜緩緩搖頭，她說給自己聽。

「我沒法，爸爸說，妳是我老婆，我要看住妳！」

「阿桶！我不走的！」姬娜踱過來，那樣子，十分憐憫阿桶似的。

「眞的？」他笑了，露出兩排東歪西斜的黑黃牙板。眼睛瞇成一條線，長得又低又黑的眉毛，顯得特別粗；臉，紅噴噴的。

「眞的。唉！阿桶！你，不這麼傻多好……烏蛇坑，只你是個好……人！」姬娜喃喃說。蒼白帶淚的瓜子臉上，一片黯然，一團幽怨。

「嘻嘻！好人？我？好人哦！」他高興極了，姬娜很少待他那樣好的。他用力轉動不靈光的腦筋，想說些能傳達那混渾隱約的心意，可是怎麼也找不到，只增加舌根的緊縮罷了。

他恍然感到一抹兒比喜歡更進一層的情意——愛，可是倏忽間又消隱了。他只傻笑。

他默然注視的某一個刹那，心底也曾揚起一陣波動——怯怯地想，把眼前這個長髮垂腰的胴體，擁在懷裏，可是手脚不由地就抖了起來。他，還只是笑。

「不要這樣笑好不好？」姬娜一跺脚。

「啊！姬娜！」他被這一喝，心思流動，衝口說：「妳要生孩子了呵！我，嘻嘻！當爸爸啦？」

「閉嘴！」姬娜一聲尖喊，像被烏蛇咬中喉頭，那聲音凄切沙啞的。「嗚——嗚——」她哭著進屋裏去。

阿桶大大的笑臉，突然凝凍，縮小了。那圓圓的，笑的線條，被扭曲，歪斜了；成一副茫然痴呆的塑像；久久釘在原地上。

他沒法理清，那是幾十個十天——應該說半年以前，採拾櫟實的時候。只記得是幾個黑天的颱風過後，由爸爸領著到櫟樹林下檢櫟實。

——櫟實，是烏蛇坑的「上等食糧」——他們一年四季，都用甘薯、玉蜀黍，以及青豆青菜塡肚子，只在幾個記得起來的大節日，才捧出櫟食來享受一番。

櫟樹，在春夏開花；花褐黃色，葉子先端尖銳，葉緣有鉅齒，像栗葉。到了降霜時候，沒被野蠶吃光的葉子，便染上黃褐色，全部凋落。櫟食在七八月間成熟，剛好颱風把它刮下來。

——那是午後時分。四周早已濃濃一鍋灰黑，他挺起腰幹時，突然看見遠處一個白影子；他痴痴愣愣地站著。

「別站死了！你？吃了烏鴉屎啦？」

「看看！爸！那是什麼？」他的唾液從抖動的嘴唇流下來。

「哪裏——噫？白猴？還是人？」

紅猴伯扔下已經半籃子的櫟食，轉身追上去。一會兒，喘氣如牛地跑回來；沒找到什麼。傍晚，吹著很強的南風，雨一陣強過一陣；到了晚上，豪雨便傾盆倒缸而來。這時父子倆都沒法睡，忙著補貼漏雨的屋頂牆壁。

「汪！汪汪——哦噩——」突然傳來狗叫。狗叫兩聲後，變成「噩鬼叫」——狗吠突然轉變成近似啞巴號叫的淒厲聲，據說是狗遇到鬼的信號。

「嗚——嗚——」屋後面好像有細細的哭泣聲。

「汪！哦噩——噩——」又是鬼的信號。

「奇怪！我去看看！」紅猴伯大聲說，那是替自己壯膽子。

點起火把，打開後門，呼一聲火把被吹熄了。他站了好一陣，才能看出模糊的影子——在門邊霍然站着一個長髮垂胸，看不見臉貌，全身水漬淋漓的「東西」。

「喂！你是人還是鬼？」

「伊……沙瑪！沙伊瑪！」

「噫？一個蕃女？來！進來！」

是一個年輕女人。紅猴伯於是拿出衣服給她換，又在灶坑起一堆火，讓女人烤。

阿桶看爸忙得團團轉，他知道爸很熱心這件事。他想討好：

「喂！爸爸！很高興哦？爸你在笑！」

「別亂講！」紅猴伯臉臭臭地說：「記住！明天你不要出去說，我們家來一個蕃女，知道嗎？」

「我知道……這女人，要留下來，用哦！」

「閉你的狗嘴！」

他被這聲突然呵喝嚇傻了。小肚子下，一陣熱，忍不住滴下幾點尿水。他張口咋舌，瞪眼，不敢吁氣。

紅猴伯紅闊的臉，綻開笑痕，然後回頭向蕃女說話——用的是蕃話，沒想到他會說這種怪腔怪話。

阿桶一直凝盯住在火堆前瑟縮的女人；長髮披散在露出大半的臂膀上，往上跳撩的火舌，亂黏裸露的渾圓腿肚子。他在昏昏沉沉中，感到一絲兒舒服，愉快，於是心臟的跳動驟然加快了；於是，忘了剛才的呵斥，燦然笑起來。

「哈！哈哈哈！」紅猴伯像發酒瘋啦，哈哈一笑，然後指著阿桶的鼻尖說：

「傻！傻阿桶！天公給你送來個妻房！哈哈！」

「爸爸！你！你說？」阿桶一急就說不下來。

「這是你的老婆了！過兩天，我向大家宣佈！她叫姬娜！是不願嫁她村裏人，逃到這兒來，現在起，交給你了！如果跑掉，我把你綑起來，摔進無底洞去餵蛇！」

「爸爸！我，我不要！」

第二天，紅猴伯把姬娜用麻繩紮緊雙手，綁在阿桶的床柱上，然後從床底挖出三瓶酒。

第三天，烏蛇坑的人——老的，半老不老的，全被請到「客廳」來。

阿桶穿上一件很厚的草綠色沒有破洞的衣褲，姬娜還是前天晚上來時穿的白衣褲，還半濕不乾的——被引到大家面前。大家像忽然發現一隻大山猪似地叫嚷起來。

姬娜帶黑暈的大眼睛，越睜越大；那雙眼珠很快就浸在霧水裏，並隨卽滾滾下落；但她咬緊厚厚深紅的嘴唇，沒吭一聲。

阿桶求救地看著紅猴伯，又看看身邊的姬娜——他照吩咐用右手緊緊扣住姬娜的手腕。現在紅猴伯說話啦：

「各位左鄰右舍老哥老嫂，今天我家阿桶拜天地，結夫婦！請大家喝一杯我紅猴仔存埋多年的好酒！」

衆人桀桀叫嚷，唾沫四濺；酒瓶子一開，酒香飄散——那股喧嚷倏然變成嚶嚶的蚊子鳴。

紅猴伯向阿桶擠眼呶嘴，阿桶想起爸吩咐的話，匆匆把姬娜帶回房裏。中午，人們都走光了，他拖住爸爸不放，哭喪著臉哀求：

「我不要老婆——給爸爸好啦！」

「劈——拍！」紅猴伯揮手給他兩記耳光：「狗！」

「嗚嗚！嗚——」阿桶雙手蒙臉，傷心哭著。

「死狗！我再說一次：你要和姬娜睡在一起，要……要看住她！跑掉，就打死你！她要跑，就叫我！」

「好好！好！爸爸！你不要再打我！」

阿桶有了老婆，可是從此失去了牀舖，因爲姬娜不讓他靠近，更不許他上牀；他怕姬娜跑掉，所以每晚都靠緊門板，睡在地上。

到了白天，紅猴伯幫阿桶把姬娜綁在牀柱上。然後父子倆，輪流看守；一人外出幹活，找吃的，檢柴火等。

——烏蛇坑投進來新份子，到處好像增加不少生氣。大家談話的內容也充實了些。

——變化最多的是他們父子倆。紅猴伯，因爲怕儍阿桶看不住媳婦兒，晚上總是不敢睡，所以越來越瘦；那紅紅大肥臉上，灰暗的色調，從額角兩鬢延伸，且要包住整個臉兒啦！阿桶可是最最高興的：腦袋不靈光，猥瑣痴呆的阿桶，原先誰都不理會他；現在不同啦！誰都願意和他聊聊交朋友；白天夜裏，硬往他房裏跑——看看他的仙女老婆！

「晚上，不行來！」他想起爸爸說，晚上讓人上門要打斷「狗腿」的話。

「阿桶，晚上 你是不是抱著老婆睡覺？」

「這這，是，是！嘿嘿！」他傻笑，咧開血盆大嘴。

「阿桶，你眞……會嗎？」

「阿桶，快有小傻瓜了嗎？」

「阿桶，你的猴兒爸爸，晚上到不到你臥房？」

「阿桶，你老婆，借借我嘛！哈哈！」

「哈哈——嘿！哈哈！」他看人家笑，也陪著笑。他只知道。大家對他和善，而這和善是由老婆姬娜那兒來的；他有點兒得意的意思。

烏蛇坑，是個絕地，在絕地裏，時間的消逝，季節的遞換，已經沒什麼意義。只是，在不知多少個白天夜晚過後，那兇悍倔強的姬娜，態度有些變化了，她學會幾句平地話，她表示不逃走了；願意出去一起幹活兒，並負責弄吃的。

姬娜開始在外露面，這一來，在她身旁的男人更熱絡了；尤其老不死的猪精，和每年必定出外找女人的「流漂仔」和最年靑的「阿木林」三個，就像長在「咬人狗」毒草邊的沼澤地吸血飛蛭一般，日日夜夜，死死盯在姬娜的後面。

爲了這個，紅猴伯著實發了幾頓大脾氣，還說必要時要把媳婦兒再鎖起來。

「何必呢！紅猴哥！你知道你家阿桶仔，沒種，傻瓜一個——深山絕地——何必呢！」猪精說這話，皺眉，擠眼，像使勁咬野猪肉的勁兒。

「哼！還不是肥水不入他人田！」流漂仔，年紀不大，講的話，却是又絕又毒。

「紅猴伯：讓我代替阿桶吧！我單身一個，願意為你收拾後事，阿桶我也願意照顧——只要答應把姬娜讓給我！」阿木林說得頂認眞。

「喲喲！阿木林甘心賣姓當祖啦！我說這姬娜，可不該誰獨佔的！烏蛇坑人誰都有份！」

「其實呀！紅猴哥！你也可以參加嘛！」

「嘔完了沒有！」一直切齒咬唇忍著的紅猴伯，臉孔頦子紅脹得怕人，他向每個人狠狠投擲一眼，斬釘截鐵地說：

「我告訴大家：誰敢打我媳婦兒主意：拿命來！只要我喉頭三寸氣還在，我就咬他的肉！啃他的骨，喝他的血！」他，肥胖高大的身子，霍霍發顫。

「唉！何必嘛！」

「呵！你死了呢？」

「我死了？我瞑目前，不能把兒子媳婦送離烏蛇坑，就會把他們打死埋掉，不讓誰欺負！」他的額頭，鼻尖全是水珠汗粒。

「何必呢？烏蛇坑百十年來，都和和氣氣的！」

「聽他吹大氣？走著瞧嘛！」

這以後是一段混亂局面，很難說清裏面的複雜離奇來。烏蛇坑裏，雖然只有那麼幾張嘴，可是一些不三不四的謠言却越傳越荒唐了。不知誰說，看到「流漂仔」大清早打從姬娜房裏出來；有一次半夜三更，阿桶和阿木林，在屋簷下大打出手；「猪精」老不死的，向埸鼻婆面前誇口，他的左手背那塊紅通通的疤，是給姬娜咬去一塊皮的結果。

還有，大家都說紅猴伯不正經，時常幹那父代子勞——扒灰的無恥勾當。

總之，烏蛇坑熱鬧著。這些繪聲繪影的謠傳，萬支歸宗，都圍繞著姬娜打轉兒。誰向阿桶問這捕風捉影的事兒時，他却咧嘴瞇眼，兩手亂搖：

「沒有哇！嘻嘻！姬娜是我老婆哩！嘻嘻！」

這是個很微妙的情勢；大家不懷好意地冷嘲熱罵別人——指責別人和姬娜有上一段曖昧——可是每個人都又好像心裏明白，明白別人知道自己怎樣。每個人都獲得一份某種滿足似的。

不過，在一個和姬娜來時同樣颳風下雨的晚上，發生一樁慘案，大家就不大愛再胡說八道啦：

是阿桶發現的：在櫟樹林東端小溪邊，被叫做「無底洞」不遠，那風流的「流漂仔」直挺挺躺在那兒。右邊脖子上，手肘上，烏黑浮腫，還有點點紫黑色血漬——那是本地特產「烏蛇」咬傷的「標幟」。然而，令人不解的是，抬起來時，却發現腦袋枕下的枯草上一片血漿；後腦骨有個不知多深的小創洞。

「在烏蛇坑的人，會被烏蛇咬死？笑話嘛！」

「他是這裏最強最壯的人，怎麼會……？」

「會不會傳說的蝙蝠精又出現，吸光他的腦汁？」

大家議論紛紛。然而，像一陣七月的驟雨，一幌兒，埋了那具屍體——入土爲安，再沒人提起了。過幾天，接著豬精到「阿木林」的房子時，又發生怪事：滿屋子點點滴滴褐黑色的血；人却不見踪影。全烏蛇坑的人到處找了二天，沒見半個影子。

「準是吸人腦汁的怪物搞的！」每人惶惶失措，不知怎麼辦好。

就在這時，空穴來風，一夜之間，烏蛇坑裏——現在只剩五家九口人——傳佈了一則天搖地動的大消息：

「姬娜懷孕了，肚皮已經凸起來！」

這是比那死亡，失踪重大千百倍的消息！

因爲烏蛇坑有史以來，從沒一個新生命在這兒出生！

烏蛇坑的人眼看要絕迹了，就在這時，突然來了一個姬娜，今後又要生產一個人！

「是誰的種呀？」

「還用說？當然是傻阿桶囉！」

「才不是哪！我看是紅猴那老鬼！他每年要到外地死一陣的嘛！」

「哼！能逃過紅猴那色精嗎？他看到地上爬的也……」豬精連聲冷笑。

「我猜是那個死鬼和失踪傢伙的帳！」

「哦！對啦！紅猴哥近來走路好像脚有點跛？」

烏蛇坑的人們不採香菇，也不弄吃的了，好像非把姬娜肚裏的一塊肉抓出來，看看是誰的種不可。

「阿桶，你知道姬娜肚子有孩子嗎？」只對自己的「壽材」有興趣的塌鼻伯，這回却特別熱心。

「沒看到哇！你看到了？」

「喂！你爸爸怎樣？他很高興囉？」

「不！他脾氣特別大！整天睡覺搥床板！」

塌鼻婆愣愣地望住丈夫，塌鼻伯擠擠那兩個沒鼻樑的「黑孔洞」，直傻笑。豬精瞥大家一眼，打個哈哈走開。

阿桶笑嘻嘻地跑回家。他用半混沌半清醒的腦袋，苦苦想著；他模糊地覺得大家是在談件好事情，而這事是姬娜身上的——姬娜是老婆，那麼這好事也是自己啦！

他越想越明朗了。走進西端屋裏，衝著躺在床上瞪眼發呆的爸爸，乾笑一陣。

「爸：聽說姬娜肚子大啦？要生孩子啦？我要當爸爸啦？我……」

「劈——帕！」紅猴伯猛一挺身跳起來，當面就揮過兩巴掌。阿桶的話頭不知被打到哪兒啦，只有莫名其妙地直眨眼。

紅猴伯一轉身，又倒在床上喘氣。

「混——蛋！」紅猴伯狂叫，兩手搥床板擂胸膛；他從沒這樣過。

他又蹦地跳起來，拿起壁上掛著的一條粗麻繩，虎虎走進姬娜的房裏。

姬娜正躺在床上，也是瞪著兩顆大眼睛。

「做什麼！」她機警地坐起來，用生硬的平地話講。

紅猴伯的神色和動作，完全瘋的；眼眉鼻嘴都走了樣兒。他不吭一聲，把姬娜的雙手反翦起來用麻繩縛綑，然後一陣拳掌，不分頭臉揮打下去。

「嗚——」姬娜起先忍著，忍不住，就哭出聲；後來變成呻吟。

「爸！做什麼！」

阿桶驀地衝進來，伸手去推爸爸，結果也被揍了好幾下。

「飯桶！給我看著這臭女人！」

紅猴伯反身出去了。他出了一個絕主意：他很快砍下一綑杯口大小的木棍子，費一天一夜的工夫，用黃藤皮，把這木棍紮起來，成了一個大木檻——

「姬娜！我要把妳困在這檻籠裏！」他說。

「我，我不會跑走的！」姬娜的聲音抖著。

「我看妳還能化狐狸不！」

「我沒有！是是……」姬娜泣不成聲。

「我不管！反正這樣最安全！」

紅猴伯的聲音很澀很奇特。眉毛是灰色的，灰眉下深凹的眼眶裏，眼珠有烱烱的光芒——藍色跳盪的光芒。

從這以後，姬娜就被野蠻殘酷地囚困著。爲這事，曾引起烏蛇坑的公憤。有一個人，拿一把草刀想把木檻的黃藤皮挑斷，偸放人，可是被紅猴伯發覺，他像一條瘋牛，一頭撞過來，把人按在地上打得死去活來，猪精來過一次，也被他拚命的架勢嚇走。

就這樣，姬娜在木檻中，肚子越來越大，直到行動已經困難，姬娜又一再懇求，並表示絕不逃，也不「做壞事」，這才被允許放出來。

當紅猴伯和猪精伯等五個——烏蛇坑裏唯一能行動的人，挑著一年來採摘的香菇，和往年一樣結隊出山上街販賣時，姬娜又被囚禁，直到他們——只剩兩個人——回山，才放出來。

而這陣子，姬娜已經到快臨盆的時候！

…………

這天，紅猴伯和塌鼻伯抬槓，從清早一直到中午才回家，不分勝負。緣由是：他說今天是元宵，而塌鼻伯硬說是正月十六——烏蛇坑的人，從舊曆年前，就為正確的除夕日子爭得火星四射；他們年齡大，睡得多，不知怎地，把時間記錯記亂啦。

紅猴伯低頭直向厨房走。甘薯還沒起鍋，只見阿桶一邊洗「山紅菜」一邊嘀咕著，好像在罵誰。

「姬娜呢？」紅猴伯火氣好大，很久來就這樣。

「她在睡——還哭！她好懶，早上一直不起床！」

「哦？」

「她抱著肚子，在床上滾來滾去哩！」

紅猴伯轉身就往阿桶房裏跑。他想到是什麼事了，陡地背板冒起冷汗來。

他第一眼看到的是姬娜的背影——姬娜面向床，在床下半蹲半跪著。

那薄薄的褲襠部份，紅紅濕濕的……

「噯——唷……」有氣沒力的呻吟。

「混蛋！為什麼不來叫我！」紅猴伯這一吼，却把自己吼醒了，他這才清楚想到問題的嚴重性！

「接生？誰來接生？唉！為什麼從沒想到？」

他驚惶地睜大眼睛張望一陣；門口僾楞楞的阿桶，使他忽然閉上眼睛。

「怎麼辦？塌鼻婆從大年夜起就沒起來過……」

「叫猪精？不！不！絕不！他……」

紅猴伯的臉頰掠過一層灰白，神色酷冷得近乎猙獰。

「我自己來吧！我自——己！」不知怎地，一個陌生的意念竄上心口：

「讓她……」

紅猴伯急急搖頭，他又被自己重重嚇唬了一下。

「噯——唷……」隨著那沙啞的呻吟，那一片殷紅，面積迅快擴大，顏色加濃；甚至已經流瀉到小腿脚踝上。

「煮一鍋開水！到我床底拿出一瓶酒！準備老薑！前後門關好，閂上！快！去！」

阿桶應聲出去了。紅猴伯把房門關上，把掛在壁上的蓑衣鋪在床前，然後扯下被單攤在蓑衣上。

「來！移到這上面！蹲著！」

「唷……我——會死——了！」姬娜滿臉淚水模糊。

「不會！妳要生了！知道嗎？」

「什麼？生？」

「嗯！妳就要生孩子了！要當媽媽啦！」紅猴伯的聲音出奇地平和溫存，連他自己都覺得生疏。

「啊？那！那要怎麼生？從那裏生？」姬娜目瞪口張，像見到鬼怪。

「轟轟！」紅猴伯虎地一顫，又冒一身冷汗。

身體的偏僻角落，心裏的隱秘底層，噗噗冒出白煙；冷汗過後，一陣燠熱播散開來，一陣嚴重的暈眩襲來。

「唷唷！來了！不知什什麼——在在——那那——裏……」姬娜駭然驚叫，臉色死白，顯然嚇得不知痛楚啦！

「用力——啊！褲子，脫下！」

「啊！我！」

「快！脫下來！」

「脫——不——下！」姬娜身子一搖幌，仰天躺了下來。

紅猴伯滿臉汗珠汗水；兩脚直跺，兩手揉搓胸膛，肚皮，還喘氣。他猛吸一口氣，邁前一步，伸手就揪抓姬娜的褲頭——一聲嘶啦，褲子被撕成幾片，「剝」了下來。

他急急低頭，可是眼角乜斜瞥見了那一截白嫩豐肥的肉體，還有殷紅的……

「她……」

一道流星！哦，不！是無數四方噴射的空中煙火！不知是那個迢遙的年代，怎麼這個煙火爆開縷縷彩色的影像會兜上來呢？

腦海似乎還有一道玄黑的風卷，閃著瑩瑩烏光，溜捲而來。

可是這些都是刹那間事。紅猴伯拍拍腦袋，搖搖頭，弓身脫下上衣，蓋在姬娜的臀腿上。

「啊——噯唷唷！痛——死了！」

「用力！用力！對！用——力！」紅猴伯弓腰彎膝，面對仰臥的姬娜，兩手半舉，全身筋絡突起——聲嘶力竭地喊著：「噢！嘿——唷！」還不知不覺使盡了全力！

姬娜一陣狂叫，一陣痙攣過後，大腿之間，已經冒出一團紅紅的東西來。又一陣劇痛和抽搐後，一個黑黑的比拳頭大些的東西已經出現。

「頭！頭已經出來了！快！用力！不用力，會夾死！」紅猴伯忘我地。

他已經完完全全，擺脫一切糾纏，一心一命地在爲孩子催生。

「喔哇——！」孩子脫離母體了。

是個男孩！天，剛黑下來，屋外有人走動；還傳來三幾聲狗吠。

紅猴伯終於爲姬娜——媳婦兒——接了生。

姬娜被抱起，安放在床上；她睡著了，睡得像死了一般。

阿桶自始至終，沒吭氣。他完全被震懾了，直到嬰兒綁好肚臍瓣兒，洗了澡，身子用綿絮包起來，灌些菜瓜水（他們每年菜瓜收成過後，把菜瓜蔓莖切斷；用酒瓶收取莖內不斷流出的汁液。這汁液的作用和蜂蜜相似，可以解渴，治中暑等）——他才算清醒過來。

「爸！姬娜生了小孩子？讓我看看好嗎？」

「是你的——孩——子！」

「啊？不！是爸爸的孩子好了！我不要！」

「你說什麼？……」紅猴伯有氣無力。

阿桶坦然地傻笑著，有討好的意思。

一股苦苦澀澀的濃霧驀地浮上胸懷，湧到鼻尖；紅猴伯淒然流下淚來——他被送到這裏時哭過，老伴撒手西歸時流了淚，這是第三次落淚，而且幽幽痛泣。

第二天，天剛亮，豬精伯和塌鼻伯就來敲門；阿桶正在拔雞毛，紅猴伯用粗大的痲線連綴幾塊布片——給孩子「縫」衣服。

「這一瓢花生，送給產婆補補！」塌鼻伯掀動臉上重重疊疊的縐紋，笑得眼睛瞇成一條線：「烏蛇坑有後代啦！不會絕種啦！」

紅猴伯看他一眼，努力想擠出一些笑容，可是沒結果。

「嘿嘿！恭喜囉！這，燉給孩子的媽吃！」豬精向阿桶說。放下抱來的大公雞。

「不不！沒這隻公雞，早上大家不會起床的！」阿桶說。

「是啊，這一來，烏蛇坑沒雞種好傳啦！」塌鼻伯說。

「怕什麼？有紅猴哥哪！」猪精說著，就向姬娜母子走來，伸長脖子看得好仔細。

「你走開點！回客廳去！」紅猴揚聲阻止。

「唉！看孩子，不行嗎？」他冷冷說：「這孩子是全烏蛇坑的！」

「放你臭狗屁！」

這是個很不愉快的場面。客人沒趣地走了。留下紅猴伯直吹熱氣。晌午時分，姬娜說好餓；她一直在淌眼淚。不一會兒，孩子哇哇哭起來，她惶然無措地看著孩子，不知怎麼辦好。

「抱起來！餵奶呀！」紅猴伯飄忽的氣惱，找到了洩口。

「怎麼餵？我？沒有？」

「沒有？妳把奶子弄出來，塞進孩子的嘴裏！」

「那，那不用吧？」姬娜倏地滿臉赤紅。

紅猴伯一愣，就這瞬間，一股報復的，嘲謔的，淫慾的，虐待的——種種複合混雜的衝激逼上心頭，他狠狠咬緊牙關，出手替正婉轉羞赧的姬娜，掀開上衣——

——眼前出現兩顆白白豐滿鼓挺的乳房！

「快把奶頭送進孩子的嘴，他自然會吸吮，知道了沒有？」紅猴伯低頭，抑著嗓子說；聲尾抖得厲害。

他又感到奇重的眩暈，胃碗有翻騰欲嘔的感覺。

他們早飯和午飯一起吃了，飯後，交代阿桶：不管誰，擅自闖進孩子的房間，就可以用大棍子毆他；打死都沒關係。他自己回房裏，躺下休息。

可是閉上眼，心裏更騷擾得厲害；烏蛇，藍蜈蚣，吸血飛蛭，褲襠裏的殷紅，汚紅，支碎屍體，白白的乳房……這些，在眼前廻旋，像車輪般，成斜角度在眼前廻轉。

「眼睛睜得好大！幹嗎？」是猪精，不知怎麼溜進來的。

「唔……你又來！」

「別趕我，我只是問你幾句話！」他一改輕浮的舉動，沉著地說。

「你說——我們是該說個清楚了的時候。」紅猴伯却沉不住氣。

「很好。我問你，流漂仔的死，你可知道究竟？」

「不大清楚！」

「阿木林呢？到底現在是死，還是活？現在人呢？屍體呢？」

「不知道！」

「說！他們怎麼死的？」猪精逼近來，一眨不眨地盯住對方。

「他們也許是自相殘殺——反正，不是我下的手！」紅猴伯倒輕描淡寫。

「如果是你殺的，你也許殺錯了人！」

「猪精，今天你是來查案？還是送命來？」

「都不是！」

「那你是來找碴子？」

「不。這些只是隨便提提罷了。」猪精伯突然臉上漾起冷哂：「你說實話：你扒灰了沒有？」

「猪精！你聽著！」紅猴伯也站起來：「我紅猴和你一樣，老兔鬼，要女人，不錯！甚至不是人，凡是雌的，我都想；這兒無王無法，我像禽獸，但自認還心存一點人性！我不做這傷天害理的絕事！」

「好啦，別氣成這樣嘛！你既然清白，傻阿桶怎樣，你自己明白——我告訴過你，流漂仔他們死得寃枉，還有走掉的三個也都是老實人。那麼，你知道了吧？那孩子該跟我姓朱，不跟你們姓洪！」

「呵呵！你最後要說的是這個？」紅猴伯反常地，也以冷笑相向。

「嗯。不管你願不願意，我要全力幫助你們，養大這孩子。我希望這孩子挑你我兩家的香——火，祖宗——牌！」

「猪精，你很快就會達到這個願望！」紅猴伯意味深長地，一眨不眨地瞪著對方。

「哼！我走了。好好看顧母子倆！我會弄些『竹鷄』和野兎子來。」說完，站起來走了。好瘦好高，但全沒六十歲人那種龍鍾老態。

紅猴伯目送猪精伯走後，嘴邊的冷笑漸漸僵硬，然後收縮移動，成了一幅怨尤恨毒的構圖。

他又感到一陣眩暈，近來常常這樣的。他想閉眼養神，可是小孩開始哭了，阿桶也適時怯怯的溜進來。

「混——蛋！」他大喊一聲。

他的複雜情緒揉合起來的怒火，被一個微妙的引發，突然飛騰而起；發出宏亮哭聲的赤嬰，痴呆沒用的阿桶，還有在床上曲縮一團的姬娜，這些都刹那間成了助燃怒火的東西，成了堆積怨恨的對象。

「可恨！可恨！該死！都死盡的好！」

他從咬緊的牙縫裏，迸出這句。他轉身想回自己的臥房。

「阿……阿爸！」

「啊？妳？妳叫誰？」

「阿爸！我……有話跟你講！」是姬娜。

姬娜脫口喊出「阿爸！」紅猴伯再起一陣眩暈。他被強烈地震撼著，那是過度的興奮接著捲起的濃濃迷茫——姬娜居然叫我阿爸？他不由地揉眼睛，想看清楚些眼前的情景。

「什……麼？姬娜！」

「以……後，不要，猪精……伯，來！不要！」姬娜說話很吃力。

「哦！好——好！」

「爸！他來，我，我可以用棍子打斷他的腿！」阿桶說。

「敲他的腦袋！敲破，弄死都沒關係」！

「不！不！不要弄死他！只不要讓他進屋裏來！求你」

紅猴伯抽一口冷氣。心頭碾過陰陰濕熱的火球；另一種苦苦的，澀澀的感覺撲了過來。

烏蛇坑裏，隱隱潛伏著暴風雨和奇變。

猪精伯被防範野猪山貓似地，可是他仍然利用空隙，跑來看孩子；他原是個三心兩意，嫌熱怕冷的老頭，可是現在他執著堅定得像屋簷下的蟾蜍——怎麼趕也趕不走。

紅猴伯這方面，內心的負擔，憂慮抑壓，日益沉重，堆高，危險不安。

他想起猪精說的那兩個枉死的寃鬼……

他瞭解猪精做了什麼，也看出猪精的心意動向……

最苦惱的，是近來幻象太多；他沒法埋下替姬娜接生的那一幕……而那莫名其妙的幻想，竟時時刻刻糾纏不已。

「你面對她赤裸的肉體時，心裏有些不正經！」

「你貪心地盯住那雙白白嫩嫩，豐滿的乳房！」

「姬娜叫你阿爸！她是你的媳婦兒！」

「你一直有淫心！你一直想扒灰，只是不敢…」

「你不必假正經！誰都看得出來……」

「而猪精……可惡可恨的老鬼……」

「唉！」他最後只有一聲長嘆。他從來沒這樣軟弱過，他突然想逃，逃離烏蛇坑，逃開這些幻象，逃避混亂不能自制自持的自己。

「我怎麼辦？」他這樣反問自己。

——「解決掉，把……解決掉！」一句冷颼颼的狠話悄然在耳邊廻響。

「可是，能怎樣解決自己呢？心裏那一欉骯髒……」

是的，心裏是積屯著骯髒蒼白的腐屍，見不得太陽，見不得人的污穢——

一隻被揑斷脖子，腿部撕裂的雞子，半死不活，倒在草叢中……

一隻蕃鴨，有人猜測說，鴨蛋太大，生不出，破在裏頭，把生蛋口都擠壞了……忘了是誰最先看到的。

——「噫？你在幹什麼？替狗捉蝨子？也不必這麼親熱呀！」

噢！猪精，猪精，這傢伙知道太多了，他不相信自己清白？哼！我是半個禽獸，他是整個都是禽獸，所以他不懂我怎麼能夠清白！

紅猴伯的意念，在這竅眼上，一個猛跳，接到別處去：

「不錯的，姬娜，哪是外頭街上那些煙花女人能比？」

「好美的臉蛋兒，好惹火的身段兒……」

「哼！阿桶沒福份，可恨猪精他，他……」

「肥水不入他人田——她實際哪是我的媳婦兒？」

「哪能讓猪精這畜牲佔盡便宜？我……」

「那個肥臀……那個乳房……」

紅猴伯，感覺出自己往下沉，下沉，迷著，迷著，溺著，溺著；在要滅頂的剎那，他會突然清醒一陣子，掙扎攀爬一段，可是力氣很快就枯竭了，接著是更大的沉迷，更深的溺陷。

最後，在只剩心田一點清醒的危險局面時，他只好採取躲避的方法——他盡量不讓自己見到姬娜……

「沒法，也許把自己鎖在木檻裏最安全！」他曾想。

木檻？是的，用木檻把自己囚起來。紅猴伯的意念，忽然雜亂了；眼角有星形黃光閃鑠，黃光裏驀然突現上身半裸的胴體——那是娜姬被困進木檻裏，瘋狂掙扎時衣褲撕裂的形像。那時就瞥見那白白亮亮的了……。

「可是，我關起自己，猪精不正好……」

紅猴伯內心有兩把火在煎熬，在互不相讓地爭鬥著。不知什麼時候起，他雙頰下凹顴骨凸出，遙遙對峙在瘦黑的鼻尖兩旁。從髮鬢底邊，伸出兩塊帶狀茶褐色瘢痕，蜿蜒到緺塌的唇角。這就是被老人們叫做「死皮」的吧？老年人生命將盡時，臉上總會出現這種「死皮」的。

可是他的雙目却是眼神充沛，炯炯有光；時時都有千百道湛藍的光芒伸縮著似的。

這時眼底沉澱著一股戰慄的狂亂，一撮扭曲的悸動；一團超越仇恨的仇恨，一把已經不可掩埋的冷焰，不知怎麼覓一個不可捉摸的心神空隙，陡然交織在一起。

——於是，天搖地動的震撼，傳自周身節竅隙縫，傳自每個神經末稍；狂流奔騰，巨颱呼嘯，全身就這樣膨脹擴張起來，最後滙會於杳杳靈臺中樞，中樞一陣火花，終於陷入半昏迷狀態……。

小男孩滿月了。黑黑瘦瘦長長的，不像紅猴伯，更不像阿桶，也不像媽媽；只有猪精高興得瘋狂失態。

姬娜保養得很好，本來略嫌枯黃的長髮，現在是烏黑油亮了；生育使她完全成熟，豐滿嬌艷——這野人坑裏，吃甘薯，嚼櫟食的日子，能培出這樣美好豐腴的女人，眞是近於神話了。

紅猴伯忙於攔截猪精伯的窺伺、偷襲。

同時也力窮知竭地和自己心魔戰鬥。他總是夢見半裸或全裸的姬娜；他也夢見自己一絲不掛在櫟樹下和母狗母鷄調情。

「我也許會發瘋！」想到這點，他吩咐阿桶：

「傻阿桶，假如有一天，我發癲了，就把我綑起來，鎖進木檻裏！」

「那，那猪精伯來，怎麼辦？」

「你死人嗎？老東西了，還怕他，趕走他，揍他——哦！你可以打死他，用什麼都好！」

紅猴伯清醒時，又向姬娜說：

「我萬一死了，就帶阿桶，離開烏蛇坑；好好看顧小孩，好麼？」

「一起走吧！我們四個人一起走！」

「不！我不走，我在這裏有事要做！」他堅決說。

櫟樹已悄然開滿黃褐色小花；深山裏特有的「馬牯蟬」鬧得樹梢山谷，全是清越曼妙的廻音。

春老，春殘，又是入夏時光；快入驟雨颱風季了。

這天下午，突然一股熯熱掩蓋下來。紅猴伯只掛著半截短褲在屋裏扇涼。

「咯——咯咯——咯！」屋簷下傳來母鷄生蛋時時有的叫聲。

他們的鷄早宰光了，這隻小母鷄顯然是個「野鷄」，不知怎地蹲在那兒生蛋。紅猴伯走出來，撿起剛生出來暖暖的鷄蛋；輕輕一捏，就把蛋殼捏裂，吞進肚裏。

那一團兒生蛋，悠悠滑入肚裏，且好像不曾停下來似的，直往下腹小腹沉下來，於是下腹小腹奇妙地掀起一層層熱浪，熱潮。

紅猴伯渾身滾熱，兩隻目光，踉蹌搖擺地注到小母鷄身上。小母鷄，紅臉，細脖子，細腰身，圓胸翹屁股，一身玲瓏曲線。

紅猴伯的視線凝然不動。

屋簷外，陽光白亮逼人，像一牆火的氈毯。

「卡——搭！」是阿桶的臥房傳來拆脫竹窗的響聲。

紅猴伯恍然夢遊般向阿桶臥室踱過來。

阿桶也穿一條短褲，躺在靠北的泥地上，孩子半倚半伏在阿桶腰邊，睡得很熟。

把視線移向竹床，姬娜側身臉向外睡著了。

側臥的姿勢，兩腿交疊，這使臀部連大腿誇張地隆然高聳。

一叢深沉的絞痛，由心口旋轉而上，直透頭頸，紅猴伯的目光突地搖幌凌亂著，眼前景物都呈現重疊的翦影。這同時，內心裏伸出一雙無形的利爪，急切地想把自己，或什麼撕裂開來，擠碎消滅掉去！

「哼！好呀！」傳來一句沙啞冷澀的聲音。

屋裏光線一暗，是竹窗外有人把陽光遮住。

「猪……精！」姬娜醒過來了。

紅猴伯被一股奇異的力量引導著；或許是心口那股旋轉的絞痛所推動，感到身體呼呼膨脹起來，就要破窗飛出。

內心裏的一些混亂，陰晦，曖昧的意欲，隱秘的亢奮，生命底層潛藏的內容，在這一瞬間，經過一道黝黑的長廊，燦然合併，純化，統一了；成了一點單純不帶意義的精光火種。

他衝出大門，猪精轉身就走。他不知哪來的力量，兩手一提，把偌大的木檻高高扛在肩膀上。

猪精伯像中了邪，像見了妖魔鬼怪似地，慌張跑回屋裏去，並關上木板門。

紅猴伯隨卽扛著木檻趕到猪精的門口。木檻太大，進不去，他放下木檻，騰身向門板撲去，門板被碰裂倒下，他像瘋了的野猪，手抓脚踏，把門邊的土牆拆了一大片。

猪精伯怪喊一聲，向紅猴伯衝來；紅猴伯剛巧旋身撐起木檻，往屋裏擠去。

猪精伯的額頭被木檻狠狠撞了一下，一踉蹌就仰天倒了下去。

紅猴伯在半夢遊的情況下，迅速完成這一連串的舉動；現在，他又把猪精伯提起，拖進木檻裏，鎖牢開關，然後連人帶檻，推到破壁破門邊，把破洞堵起來。他又用屋裏的竹竿木棍，桌板櫈條兒，把沒堵全的部份補起來。

「哈哈！哈哈哈哈……」他終於亢聲大笑。

他渾身顫抖，冷汗淋漓；身上好多部份的肌肉劇烈地抽攣著……

那是一種深埋在痛苦裏的快感。迢遙的激盪，千呼萬喚以往總是尋不回的興奮，瞬間那特有的感覺自己存在的歡愉，突然都實現了。

一種最高的快感，一種未曾有過的高潮，從空無裏驀然噴射出來。

這又是午後時刻，屋外的陽光，白亮逼人；風，停在櫟樹林梢上。

突然，猪精伯的茅草屋頂上，冒出一縷白煙，接著白煙轉成灰黑色，灰黑裏冒出看不見的火焰。

一瞬間，茅草屋就罩在濃煙大火裏。

「呵呵！哈哈！」

「嗚！呵！嗚……」火海裏像有笑和哭的聲音。

阿桶奔過來了。他只穿一條短褲子，站在火堆邊發抖。

「救火呀！救人呀！」姬娜也趕來。她鎮靜些，拿起木棍撲打火苗。

「噯呀！怎麼辦？爸爸呢？」阿桶哭叫著。

「他，他追猪——精出——來，會不會……」

「會在裏面？」

「我看，大概……」

「嗚——哦哦——唔……」又傳出呻吟。

「啊！是！是！木檻檻……」姬娜駭然尖叫。

「不好！是爸爸！」瞎朦痴呆的阿桶，突然著魔似的跳起來。

「呀呀！」他手舞足蹈地衝入火幕裏。

「不行！阿桶！」姬娜叫。

「哇！」阿桶的悽叫聲被火舌吞去一半。

「啊！」姬娜斜斜地滑身倒在地下，暈過去了。

這時，著火的茅屋，轟然一聲倒仆下來。塌鼻子伯，剛好走到姬娜身旁，他半拖半纏地把姬娜帶到自己這邊房子來。

起風了。那一片火舌向旁邊的樹林燒去，很快地成了衝天大火龍。

當姬娜醒過來時，一伸手就摸到自己的小男孩，正枕在右手臂，睡得正甜。

一陣毛肉燒焦的臭味鑽進鼻腔裏，她腦筋一淸，猛一抬頭張望——眼前並排放著兩副淡黃色大棺材。

姬娜又暈了過去。

右邊那副棺材裏，靜靜坐著一個枯老頭——救起姬娜的塌鼻伯。他嘴唇蠕移，塌鼻黑洞掀動，那是笑的意思。他對著左邊那副棺木說：

「嗬！老伴！別難過，妳昨天一走，現在我就替妳找來守靈的伴啦！還有小男孩子哩！嘻嘻！」

來。

姬娜依然暈迷未醒，小男孩也還睡著。塌鼻伯爬下棺材，眨著紅眼睛，走到母子倆前，蹲下來。

焦肉的臭味還是濃得劃不開。野樹林裏翻騰的野火，帶着狂嘯，越燒越遠……。

（一九六八）

山河路

春天。野杜鵑滿山遍野，山茶花，山茱萸你推我擠；南庄大東河山坡地，是七彩艷麗的花城。

春天，是歡樂時光，也是耕作季節。賽夏族人的「開墾祭」，「播種祭」等農耕儀式過了，接下去，是重要的「祖靈祭」——「巴斯、威琪」。

巴斯、威琪，由同姓的團體一起舉行。趙姓是大姓；同姓宗長「搭因托洛」是人人尊敬的威嚴老人，這天的儀式和往常一樣，由他司祭。

祭場——「卡，巴斯、威琪，安，」就設在搭因托洛的曬穀場上。

天一亮，同姓族人，男女老幼都到了。他們每家帶有一束糯米稻穗，準備開祭時之用。搭因的長子拔力搭因幫助準備祭祀用品，幼子馬育搭因負責招待族人。（賽夏族人命名原則是父子連名，長子襲其直系名，次子以下任選一先祖之名。）

搭因托洛父子都穿上禮服：胴衣、背心、腰帶、頭巾，都加上挑繡的，其他骨板的耳飾，貝珠的頭飾，豬牙的胸飾，帶有流蘇的臂飾等一應齊全。

「拔力，好好學，過兩年，你司祭了！」

「搭瑪（爸爸），你，還像山，雄壯！」

搭因笑了。拔力也笑了。拔力心目中，搭瑪是大山，是巨木，是一尊神；永遠不倒，永遠不老。

「時間不早，快動手！」

搭瑪的用心，他明白。他，規規矩矩地由正屋的東壁上，拿下小竹籠——「撒蘭」，撒蘭下邊掛著一些藤蔓，鹿、山豬的顎骨；裏面藏有一個古舊的黑蜂巢和一枚祭匙——「卡巴祭謀士」。

搭因站在一旁，看見拔力的每一動作完全正確，滿意地點點頭。他想：今年「收穫祖靈祭」時，該讓拔力和阿寶娃成親了。

父子倆走出正屋大門，拔力雙手高舉，把「撒蘭」交給父親。搭因以同樣的動作接過「撒蘭」，然後拉長嗓音，以近乎唱歌的調子說：「威琪啊！出來！子孫請您！」

廣場上，羣集的人們，緩緩跪下，仰起脖子，盯住搭因手上的「撒蘭」，嘴唇微張，一片虔誠。

搭因用左手從「撒蘭」取出「卡巴祭謀士」，高舉空中，左右比劃一下。拔力跪著奉上一瓢清水。搭因把「卡巴祭謀士」浸在清水中。這時參與祭儀的人，依序走過來，站在搭因前面，搭因以「卡巴祭謀士」酌清水給他們喝下……

「威琪啊！有靈，威琪啊，大力！子孫啊，播種，打獵！請保佑啊！收穫多多！威琪啊！請莫使子孫生病，和威琪一般，壯壯！」

搭因一面圍繞著族人緩緩走動，一面吟誦禱詞。一些老人做完儀式，坐在地上也跟著朗聲吟誦起來。

「威琪啊！來！子孫奉上啊！糯米！請保佑啊！」

大家把糯米穗交給司祭；司祭先親自脫下一些稻穀，然後命婦女們脫穀。於是一起唱歌。配著舞步杵穀，汲水，洗米，蒸米等等。

拔力的任務已全部結束。剛才祭儀進行中，他就有點煩躁，總是抽空東張西望。因爲照約定，阿寶娃早該來的；她已經算是他家的一份子，依禮可以參加他們趙姓的「巴斯、威琪」。可是阿寶娃沒有來！一直找不著她的影子！

這是不應該的，也是反常的。剛才搭瑪老拿眼睛盯他，他知道搭瑪的意思。

「阿寶娃生氣啦？」他想不出原因。

阿寶娃不來，雖然心裏不快，但阿寶娃的模樣兒浮現腦海時，天大的不快也像山風吹菅草花，全失了踪迹！

在賽夏族裏，趙姓和朱姓是最大的兩「姓」，朱姓宗長尤穆卡利，除了是本姓司祭外，又是十五氏族共推的首長——「喀枯巴答按」。尤穆只有比金尤穆和阿寶娃兩個子女。阿寶娃，事實上應該叫「阿寶娃尤穆」的，只是近年來大東河的氏族只限男人連父名了。

阿寶娃從小就被各族的人稱爲「小公主」。這倒不全爲了她的搭瑪是喀枯巴答按，主要的是阿寶娃美麗又可愛。

阿寶娃的美，是賽夏人傳統追求的那種美：稍爲瘦長的臉蛋兒上，配著濃濃長長的眉毛，深褐帶黑的大眼珠，高挺而線條柔和的鼻子，豐滿淺紅的嘴唇，頭髮是黑裏帶些褐黃色的……

這張美好的臉，誰看了都會不由地愉快起來。她顧盼之間，淺紅嘴囁嚅之際，甚至鼻尖兒微微一皺，看起來就像衝著你微笑，友好善意的甜甜一哂。賽夏是個快樂而愛笑的宗族；阿寶娃的美麗笑容，是奇妙的力量，使大家更快樂了，大家把她放進自己的生活裏來關心著。

阿寶娃的名聲，漸漸遠播。平地人稱她「賽夏之花」，大湖、高熊峠、八掛瀝的泰雅族人，阿里山的曹族人，稱她爲「賽夏人的阿寶娃」，甚至說什麼「阿寶娃那個族的人」！

阿寶娃十八歲了，在頭上加戴一條額帶，並打掉一對犬齒；刺上額紋，已經是待嫁閨女。賽夏人同族與聯族之間是禁婚的；拔力搭因是另一個大姓趙姓司祭搭因托洛的長子；朱趙兩族雖然歷代有婚媾關係，但目前搭因家已無禁婚範圍內的至親，所以拔力很早就被認定爲唯一有力的候選人。

去年，大東河一帶旱稻大豐收，各族族長決定舉行十五氏族聯合大狩獵；那時成年未婚男子要來一場獵鹿比賽。

拔力得到獵鹿冠軍。這是賽夏族青年最高的榮譽——他們是和平的宗族，除非是洗雪冤枉，或替族人復仇，平時是不舉行「麻拉坎姆」（出草），獵取敵首的。

照規矩，獵到野鹿，皮和角歸獵犬主人所有，鹿鞭歸於射手。但這是不用獵犬的獵鹿比賽，所以拔力有權獲得鹿皮、鹿角和鹿鞭，而且可以自由支配這些榮譽品。

拔力把鹿鞭獻給「搭瑪」，給弟弟馬育兩隻鹿角；他自己留著一張美麗又大幅的鹿皮。

「好美的鹿皮啊！」少男少女都投以羨慕的目光。

「要送給誰？」

拔力只是傻笑，沒有回答。

他找到比金尤穆，把鹿皮交給比金，說：

「同年，可以托你帶這禮物嗎？」「同年」是好朋友的相互稱呼。

「比金知道，比金答應。阿寶娃一定很高興。」比金說。

阿寶娃欣然接受了鹿皮，而且掛在自己的床邊。她請哥哥送給拔力一條「娃借」——她自己織成的花紋腰帶。

「阿寶娃，心中有我！」拔力胸膛裏燃燒著熊熊的情火。

拔力另外一樁英雄事蹟是：在角力上，曾打敗對岸住的黑矮人！

賽夏族人，是不可以和黑矮人相對抗的，而且絕對不是敵手；黑矮人是神聖，是精靈的化身，無所不能，無所不知；他們力大無窮。

黑矮人最喜歡角力；每年收穫祭後，在向黑矮人獻糧獻酒時，黑矮人一高興，就要求賽夏族派人比賽。

這件事，歷年來沒有人敢出場相抗，因爲，聽說以往出賽的族人，都給摔得頭破血流，非死卽傷。

後來，改成黑矮人自己比賽，賽夏族人鼓掌吶喊；如果黑矮人強迫他們出場，他們就匍匐地上，卑恭屈膝，不敢抬頭。這樣黑矮人就哈哈狂笑，飲酒跳舞……。

去年，獵鹿比賽結束後不久，像往年一樣，又是奉獻黑矮人的時候，也又是他們要忍受屈辱的時刻。

這次，拔力是搬運美酒的人員之一。角力比賽一開始，黑矮人就指名要獵鹿冠軍下場較量。

「去吧！唉！伏在地上就行！」比金說。

「那……那怎麼行？」拔力深皺眉頭。

「我們……不行呀！我們不能……」

「可是……我是獵鹿冠軍！」

黑矮人又叫陣了。矮人，圓圓的小臉，圓圓的小眼睛，尖尖的耳朵，尖尖的鼻子，尖尖的小嘴；這些，都黑得發亮，膩膩的，充滿了逼人的威力。身架子也是小小的，向外微微彎曲的雙腿和那特長的雙臂，却粗壯得不成比例……

這就是可敬、可畏，又可恨的黑矮人。

「嘿嘿！來！來！來！賽夏！」

——他們不是向我拔力挑戰，是向賽夏族；全賽夏族啊！他在心裏叫喊著。

他終於走向角力場——以威武坦蕩之姿，站在那裏。

「嘿！」黑矮人，像一團發亮的巨鴉，一閃之間就衝到眼前，伸手一抱——這是黑矮人威力最強的絕招——「腰覇手」——只要腰部被抱實，人就非癱瘓下來不可。

拔力霍地身子一拱，右膝猛然上提。就在這上提動作未完成的瞬間，一道強猛的「黑帶」已經橫腰摑了過來——連曲屈的大小腿一齊給摑繞上了。

「啊呀！」拔力尖叫一聲，好像是這才醒覺自己的魯莽而不智的抗拒似的。

而也在驚叫同時，那曲屈的腿，使盡全力往前彈出去，踹過去。

「啊嗽……」黑矮人手臂不夠長，未能摑成一周；不能運勁，身子就給一彈一踹——拋了出去。

拔力用力過猛，人也仰身倒了下去。

於是黑矮人又撲過去，拔力身子一滾，只是右臂給卡住……

這是一場龍爭虎鬥。

「不能輸！不能輸！賽夏族不能輸！我是賽夏……」

拔力一直這樣提醒自己；在鼻血泉湧的時候，在越來越眩暈的時刻，這個聲浪，始終嘹亮而清晰地在心頭迴響。

最後，他把對手抱起，再補一腿之力，終於把對手摔倒地上，不能動彈了。而他，也暈了過去。

這件事，搭瑪心裏恐惶得很，族裏的長老們也十分憤怒，並且有人還主張治他「不敬矮人」之罪。

不過，在聯族會議上，並未通過。相反地，在十五氏族的男女青少年心目中，他，已經成爲巨大的，沒人能及的英雄偶像。

賽夏族的英雄，自然要配賽夏族的美女才成。

「阿寶娃，有喜歡的男人嗎？」尤穆問女兒。

「哈！哈哈！」阿寶娃笑得像風中的山茶花。

「阿寶娃，妳胎那（媽媽）死了，我，搭瑪要替妳作主！」

「搭瑪……」女兒幽幽的神情，使尤穆心碎。

「趙姓，拔力，搭因，好嗎？」

「嘻……」阿寶娃的笑，像幽谷裏的蘭花。

「比金，你看拔力好嗎？」

「好，最最好！」比金豎起大拇指。

婚姻，在賽夏族裏，不認爲只是男女個人的事，是氏族對氏族的行爲；主婚權在父母，同時也屬於氏族的族長。

尤穆，已經知道女兒的心意；他自己是朱姓族長，所以馬上召開會議，徵詢同氏族長老，還有母族長輩的意見。

就這樣，拔力被朱姓氏族接受了；至於趙姓氏族這邊，也欣然同意娶阿寶娃這個女子。

——拔力就是這樣，一個幸運的青年。可是阿寶娃爲什麼不來呢？已經是午餐時分，她沒有道理還不來的。

他，再也忍不住，脫下祭禮時的裝飾，解下短佩刀，換上長柄的「喀布剔密」——戰刀，他決定去找阿寶娃。

阿寶娃的家在另一座山的山坳下。

拔力，像一頭健壯的牡鹿，在草叢林木間奔跑；只見一點褐紅影子飛馳著。

眼前是一片廣寬的桂竹林。穿過桂竹林，就快到阿寶娃家了。

春天，中午時分，桂竹林裏，流動一片涼涼的綠光，成羣的「喜息路」——卜卦鳥，在跳躍，歌唱。

「喜息路」是出獵，「馬拉坎姆」，和殺敵勝敗的先知，爲了尊重牠，拔力放慢步子，不去驚嚇牠們。

突然，在路的轉彎處，他看到一個大男人兩手蒙臉，蹲在那裏。他走前幾步，馬上認出來了。

「比金你……啊！」他一探手，把人給拉起來。

比金的手被拿開了，他看到一張扭曲得可怕的臉；那對眼睛紅森森的，臉頰上有凌亂的淚痕！

一絲奇異的戰慄，由背脊升起，全身陡地冒出一層冷汗；一股不祥的預感掠過腦海！

「比金！什麼事？」

「拔力！嚱！拔力！」比金雙臂反抱過去，全身顫抖，眼淚又迸濺而出。

「比金！快說！同年！」

「拔力！不要找阿寶娃！」

「什麼？」他同樣地全身緊顫著。

「你不要找她！不要！不要啊！」

「阿寶娃邁塞（死）了？」

「不是！不！拔力你！不要找她！」

「爲什麼？爲什麼？比金！」他咆哮著。

「不，不，不能……」比金只是搖頭。

「那諾！」他，猛抓刀柄，「喀布剔密」出鞘！

「拔力同年！拔力啊！」比金閉眼，曲膝，雙手平伸，那是求饒的姿勢；臉上是悲痛和絕望交織的神色。

「比金！眞不說？我……」

「搭尼拉比金吧！比金說不出口！」

他一揮手，把比金推倒。比金掙扎著爬起來時，他已經跑開一箭的路途。

「阿寶娃！阿寶——娃！」

一羣「喜息路」衝著他迎面飛來，他的脚步緩了一下。喜息路在他頭上轉一個圈，往左手方向飛去。

「喜息路！是教我方向嗎？」

他不自覺地朝喜息路飛翔的方向張望一下。就在這時，倏地傳來一縷細細的哭聲；是女人的哭聲。

他狂亂地在四周尋找。哭聲却停了。

「拔力，別找了，拔力！」比金跟了上來。

「誰哭？說！」

「阿寶娃！現在不能找她！」

「啊？是阿寶娃！」他的咯布剔密又出鞘了：「說！拔力快瘋了！拔力要殺人了！」

「拔力！冷靜點！說，比金說……」

「阿寶娃在哪裏？說！」

「在那邊！拔力不要……唉！」

不等比金說完，他就朝比金指示的方向衝去。

那是桂竹林邊的菅草叢；比人還高的菅草，銳利得像一排排的刺槍攔住他的去路。他顧不得這麼多，他的手脚很快就給割開許多傷口，鮮血淌了下來。

「拔力！」比金還在聲嘶力竭地喊。

他全身震顫了一下。他知道，阿寶娃一定在穿過菅草叢那邊；一幕曾經想像過的景象，驀然閃現腦際。

——那是賽夏人可怕的夢魘，千古的屈辱，凡是族人從小就聽多了的……

那不僅是傳說，而是悲慘的現實；他長大後，不例外地被這種屈辱的夢魘籠罩著。然而那只是想像罷了，怎麼可能一旦眞的降臨身上呢？

他不敢前進了。他迷惘又軟弱地坐著。比金沙啞的喊聲不斷地傳進耳裏。

他轉身脫出菅草刀劍的重圍，比金正好也迎上來；兩人默默相對，他明白，比金一定知道他已經瞭解事情的眞像。

「比金……？」他希望比金的回答不是那個夢魘。

「……」比金點頭，兩眼噴著怨恨之火。

「是——達矮（男矮人）？」

「……」比金肯定地再點頭。

「哪一個？」他的聲音抖得厲害。

「……」比金搖頭。

「不知道？」

「……不……」比金搖手，閉上眼睛。

「那你應該說！比金你！」

「拔力！你知道，我們不能！我們賽夏族人不許……」

賽夏人不許，也不能向黑矮人尋仇報復！

因爲，黑矮人體力驚人外，巫術更厲害，沒人能夠抗拒。更重要的，黑矮人曾給予他們五穀的種子，又一直指導他們農耕和捕獵的技巧。所以祖先訂下律令：不許族人和黑矮人對抗，不然就等於侮辱祖先；賽夏人最尊敬祖先，這個禁忌誰也不敢冒犯。

可是污辱我未婚妻，多少我賽夏妻女妹子也曾受害！這怎麼可以忍受？拔力不服，不能忍受；他心胸中湧起巨大風暴！他要報復！

「比金！你是不是我好同年？」他慢慢鎮靜下來。

「當然拔力！你知道是。」

「那，告訴我，是不是你看到阿寶娃……」

「住口！你不該這樣問！」比金像被毒蛇咬一口，尖叫起來。

是的，誰都不許這樣問話，縱使搭瑪或胎那也不能！因爲看見妻妹被辱，是最最大的羞恥；在以往，有人爲此自殺，也有人憤怒地戳瞎自己的雙眼。這是禁忌。

「對不起，比金，拔力錯。」拔力強壓下又要衝上來的怒火，吸口氣說：「但是，你一定要告訴拔力，是哪個魔鬼？」

「拔力，你不能，我們不能啊！」比金悽然低下頭。

「不，我能！你忘了，拔力摔角勝過他們！」

「比金知道！不是你力量不夠；你知道我們不能……」

「怕他們翻臉，不替我們保存穀種，不教我們種田打獵？」

「是啊！我們沒辦法！」

「不！拔力願餓死，拔力要報仇！」他像受重創的巨鹿。

「拔力：這不是你我兩家死活，是全賽夏族啊！」

「不！比金！」

拔力的耐力已經崩潰。他，拔出咯布剔密，一陣飛舞，砍倒七八棵桂竹。

他，跳著，嚷著，笑著，吼著；胸口脹得難受，喉頭燙熱緊縮；眼眶裏澀澀酸酸的，眼珠強要撐開，跳出來。

「拔力！拔力！唉，拔力！」

「比金！你再不說，我就砍下你的頭！」

「……好，拔力，你下手吧！這樣也好！」

哈哈！我不敢嗎？哈哈！他狂喊著，狂笑著，可是並未能下手，聲勢越來越弱；高舉的咯布剔密也垂下了。

他終於靠它支持搖搖欲倒的身子，垂下頭，嗚嗚哭了起來。

拔力：堅強點！比金說。

拔力：求我們的祖先吧！祖先保佑我們。比金說。

拔力：我們的大神，也許有一天會替我們復仇的。比金說。

「祖先？大神？哈哈！」拔力仰首長笑。

比金還在嘮叨些什麼。奇怪，比金好像在喘氣呢！拔力回頭在比金身上打量。咦？比金的臉色好蒼白——啊，比金的右腰間一片漉漉殷紅！

「比金你？這是？」

「剛才我挨了一刀！我眞羞……」

「是達矮？」

「是……比金要救……達矮的刀像閃電……」

「啊！好同年！」

萬沒想到，好比金實際上跟達矮動過手了！

「拔力！比金眞羞恥！」

「呀啊！」他蹦地跳起來。

他又揮動喀布剔密，砍下十幾棵桂竹。他拋掉喀布剔密，撕碎胴衣，胸衣，連同裝飾品，阿寶娃送給他的花紋腰帶——「娃借」，全撕碎拋掉，並用力踐踏。

他，被猛烈地燃燒著。他必須來一次爆炸，一次天崩地裂；他又抓起喀布剔密，繼續瘋狂地向桂竹揮劈。

——「呀！拔力！」——突然聽到淒厲的叫聲。

他舞動的喀布剔密，停頓在半空。是阿寶娃的尖叫聲。

他不敢看，但是他看到了：阿寶娃怯怯地斜站在菅草叢那邊；頭髮散亂，胴衣右邊撕裂，胸衣斜掛；臉上灰白，唇邊有血痕……

他僵凝著，完完全全僵凝著，之後他舞動喀布剔密以類似祭神時的特異步伐，朝桂竹林深處奔去……

……………

* * * *

長長吊橋啊，可怕嘿！

達矮啊，好女色喂，

女郎哪，要小心嘿！

美麗可愛，白兎喂！

鷂鷹邪眼，眈眈嘿！

嗽！一菅草，一點水，

大樹不奪草露水！

達矮啊，好女色喂，

不該啊，戲我妻女嘿！

拔力搭因坐在大東河的橋墩上，以只能自己聽到的聲音哼著。

這是一首從小就聽熟了的歌謠，在他漸漸懂事後，他就拒絕再唱它；如果誰在身旁胡唱，他會勃然變色，把人給嚇得抱頭鼠竄。

這是族人的羞恥，大家爲什麼要掛在嘴邊呢？他十分惱怒。

然而，阿寶娃被辱後，不知第幾個月起，他竟常常這樣獨自哼起來。心，麻木了。憤怒化成哀傷沉睡著；哀傷砌成冰凍的高牆，把胸膛封絕了。他覺得極需要一些刺激，羞恥的刺激，讓麻木的心清醒一下。

拔力是可恥的人！情人被辱也不敢報仇！

拔力是懦夫！怕邪惡的勢力！

拔力該死沒有臉見人！

他一再這樣責罵自己，痛恨自己。

不！這不是拔力的錯！不是拔力懦弱無恥！

祖先定下的禁忌，我們不能違背的！

矮人法力廣大，他們是神，神是不許違抗的！

矮人給我們種子，教我農耕捕獵！

矮人是賽夏族的大恩人，拔力不能……

這是內心的辯解，辯解之後，接著是更強烈的責罵與譏笑；之後，又找到更有理由的辯解。他的邊髮、鬢鬚，都長得長長地；照規矩這些是該用鐵夾子拔掉的。他瘦多了，雙頰顯得特別高；那特別大的眼睛，老有一團藍晃晃的火在燃燒似的。本來十分英俊，充滿男子氣概的臉，竟罩上一股凶惡的煞氣。

他，從清早就坐在這塊大石板上。火似的秋陽，由枝葉縫裏，筆直射在他身上，他好像全沒感覺。

他的四周的樹枝遭了殃——他用長柄戰刀砍下樹枝，然後把它削成碎片；現在他的雙腳間，已經堆著好大堆綠綠的枝葉屑片。

一個少年，從野芋葉叢中鑽出來，在他面前站了一陣子。他還是沒有感覺；少年只好鼓起勇氣說：

「米那退呢（哥哥）！你在……？」

「馬育！什麼事？」他微微吃了一驚。

「搭瑪說，叫你商量稻收穫祭的事。」

「哼，說我沒意見！」

「搭瑪說，下一次月圓快到了……」

「好啦好啦！你走吧！」他低著頭揮手。

「還有：比金哥哥要我轉告……」

「什麼？」

「比金呢：他還是你的好同年，他要和你唱歌跳舞。」

把馬育弟弟趕走，他又陷入痛楚的沉思裏。

眞快，稻穀收穫祭到了；不錯，那是一年中，月亮最大最亮的晚上，平地人稱爲八月半中秋節的好時刻。

「本來月亮最圓時節……」

稻穀收穫祭？不錯，預定是那個日子完婚的；和美麗的「小公主」，親愛的阿寶娃結婚……這些，已經成爲空幻的夢想，心碎的想像！

在這幾個月裏，他曾多次要求阿寶娃相見。但是她一直拒絕。

她說今生今世，永不再見。他憤怒地上她家要人，她還是躲起來。

後來她的搭瑪答應，讓她和他在沒有月亮的晚上見面；尤穆卡利說：她不願那張羞恥的臉，再讓拔力見到。

忘不了，那是下點小雨的晚上，比金通知說：搭瑪已經陪著阿寶娃，到兩人往常約會的地方等他。

他掛上佩刀，一口氣跑到目的地。

那是個山泉的發源地，四周長滿了野芋荷和蝦公荚草；空地和一些可以落坐的石塊，都是他倆往日搬理出來的。

他到達時，只見阿寶娃一個人的輪廓倚在大石塊旁。

「……你搭瑪呢？」不知道沈默多久後，他才說。

「你來時，回去了。」

好陌生的聲音！眞是太暗了，怎麼也看不清一點她的模樣兒；那聞慣了的幽香却依然送了過來。

他，突然被油簍毒蜂螫了一針似地，引起臉上一陣痙攣。

他踉蹌地退後兩步。

「拔力：不要……不要再找我了……」阿寶娃的聲音冷冷的。

「為什麼不可以？不是你的錯！」他陡地大聲喊：「也不是我……」

「噉！拔力：你……你知道……」

「我不管！我要和從前一樣。」他的聲音却十分軟弱。

「不！你是將來趙姓的祭司，你……」

是的，當搭瑪知道以後，馬上就決定不許娶阿寶娃了；比金也過來傳說：決定解除他倆的婚約！因爲這也是朱家的羞恥。

「你知道，這不是你我兩人的事，是我們兩姓的事……」

「可是我們沒有錯！」

「拔力啊，沒錯又怎麼樣？」她好像發出奇怪的笑聲。

「我什麼都不管！趙姓祭司由馬育擔當！」

「不，這是你的責任啊！你不能躲避的。」

「那，妳呢？阿寶娃！」他的怒火快按捺不住了。

「我？哈！我只希望快快死掉，生病，掉進坑谷都好！」

「妳嫁他們好啦！」他突然脫口說。他不知道怎麼會這樣說的。

「拔力你說什麼？哇！」

阿寶娃發出尖銳淒厲的叫聲，很像野鹿被戳下致命一刀的叫聲。

他惶然撲過去，可是阿寶娃躲著；他要道歉，但牙關喉頭全硬硬的不聽使喚，眼淚却奪眶而出。

「拔力，你這樣說，你這樣說……」阿寶娃的聲音傳過來，可是不知躲在什麼地方。周圍太黑了。

「……唉！阿寶娃……嗚……」男人出聲哭是羞恥的，但是他沒有辦法忍住。

「拔力……」顯然的，阿寶娃也在呑聲哭泣。

「爲什麼不，爲什麼，爲什麼！」

「不能！」

「不管這麼多！」

「不行！」

「我拔力去找矮人報仇！」

「不可以！」

「我們就離開大東河……」

「不……」

「這就一起走？」

「不啊，拔力！」

他還說了很多，阿寶娃的回答，永遠是否定的。

「阿寶娃，那，出來，讓拔力再看一次！」他絕望地請求。

「不行，太暗了，沒有月亮，看不到。」

「靠近，就看得到……」

「不！我永遠不靠近你了，拔力！」

「阿寶娃！」

「我齷齪了啊，拔力！」

「不！」他淒厲地呼喊。

「不……」阿寶娃的聲音更是堅決而肝腸盡碎的……。

「阿寶娃，我們今生就？……」他抽搐著不能成聲。

「是的，拔力，這一生我們沒有緣了……」

「……」

「拔力，阿寶娃的心，早跟了你，永遠！」

「噉……」

「這個齷齪身體，阿寶娃也到死不會再……」

「阿寶娃，妳苦自己！」

「爲了你，拔力！也爲賽夏的名！」

「可是……」

「拔力，最後，要求你一件事。」

「說！阿寶娃！」他，振作了起來。

「拔力！一定不要再想阿寶娃……」

「不……」

「拔力：快找一個好妮阿（妻子）……」

「不……」

「拔力：要做一個好卡瑪瑪容（丈夫）……」

「不，阿寶娃！拔力不要……」

「拔力：邁塞（死）後吧，那時我們的靈在一起……」

「噉，阿……寶……娃……」

「拔……力，阿寶娃，永不見……面了！」

悲涼哀傷的約會，怎麼結束的，事後無論怎麼都想不起來。他的心，眞正的，完全死了。但是他感覺得出，那死了的心，並未消散，却化成了厲鬼。

爲了解除婚約，朱趙兩家，曾秘密召開兩次十五氏族長老的聯席會議。朱趙兩家有特殊的地位，他們的家事，更是全南祭司團的事，他們有義務向大家作完整的交代。

在第二次會議中，拔力突然闖了進來。他向楞在那裏的長老們要求：讓他向矮人復仇！

「不，我們，不能！這是禁忌！」尤穆嘆息著說。

「孩子，出去！唉！」搭因更是一臉悲苦。

「各位，」他把想了很久的方案提出來：「拔力，會暗做，化裝，誰也不知道！」

「不！賽夏族不做不光明正大的事！」搭因說。

「復仇是光明正大的！就來公開的舉行！」

「不，我們還是不能這樣做。」

「你忘了他們法術厲害？」另一位長老說。

「拔力不怕！拔力的喀布剔密不怕！」

「拔力：祖先禁忌，你也不怕？不尊敬祖先行嗎？」

「我……」他，眼淚不爭氣竟衝眶而出。

長老們溫言安慰他。他們刻滿歲月風霜的老臉，看來也是憤怒的，痛苦的。他們嘆息著勸他認命，放下復仇之念，以族人為重。

認命？我為什麼要認命？命運是什麼！阿寶娃最後好像也說過認命的話。

眞的有命運這種可惡的東西嗎？

命運就決定我的一生嗎？

我的福禍就交由它來決定嗎？

我眞的就不能改變命運嗎？

他，還是不服。

身爲賽夏族人，是光榮的，但是祖先們留下來的包袱也太重了！爲什麼要定下這些可恨可笑的禁忌呢？

您願意讓您的好子孫永遠承當這些嗎？

祖先啊！偉大可敬的祖先！

您爲什麼這樣糊塗！

也許，遠古荒涼的年代，您們不懂得怎樣生活下去，爲了活命，您們欠人家太多恩情，也太畏懼他們，所以替自己，也替子孫們定下這些禁忌，讓您自己和我們受盡無窮的罪！

唉！爲什麼人間這樣複雜？生命會這樣無可奈何？

然而，眞的就永遠不能改變嗎？

他，像跌入陷阱裏的稚鹿，一身鮮血，還是闖撞不已。

「長老們：拔力最後的請求！」

「說吧，但不能違背祖先！」

「爲了不連累族人，不讓祖先生氣，拔力請求離開……」

「什麼意思？」

「除去拔力的賽夏族人之名！」他終於講出心中醞釀很久的話。

「拔力！你這個老鼠！」老搭因撲過來，迎胸給他兩拳。

「搭瑪！你打我？」他一臉血水。

他被推出會場。模糊的視線裏，似乎阿寶娃的身形在眼前閃了一閃。

扶著他離開尤穆家的是比金；比金一直緊緊扳住他的肩膀，手臂却有些發抖。

兩人默默走了很長一段路。不知不覺走到吊橋橋墩這邊來。這裏是個長滿菅草的高崗，面臨二十多丈的深谷；吊橋對面就是矮人羣居的洞穴。

「拔力，比金想……還是放棄吧！」比金說。

「放棄？你叫拔力放棄！他們——」他指向吊橋對面。

「是的，只有這樣。」

「不，拔力不！拔力絕不！」他掙脫比金的手臂。

「能怎麼樣？拔力，能怎樣？」比金的嗓音也是激烈的。

「不知道。但拔力不放棄！」

「這樣吧，離開這裏，忘記這些傷心事……」

忘記？嗯，離開這裏倒是好的；遠離傷心地，遠離阿寶娃，埋葬滿腔的仇恨和情愛，孤獨過一生……可是能夠嗎？

「不！拔力忘不了，更不離開故鄉！」

「剛才你不是要求放棄……離開嗎？」

「那是爲了復仇，不能復仇怎麼能離開？」

「事實上，永遠……唉！」

「拔力不做不和土地連在一起的人！這裏是故鄉，拔力不會離開的；死，也要在這塊土地上！」

眼淚又快竄出來了。他把臉別開，不讓比金看到。

比金長長嘆口氣離開了；臨走前留下一句話：比金的羞恥不比你小，比金一樣想報仇，只要行得通，比金願意幫助你，死不退縮！

聽了比金的話，在四顧無人下，他讓眼淚盡情地氾濫著，像深谷下的河水滔滔不絕。

「比金！我的好同年！」

* * * *

他一直一動不動地坐在大東河的橋墩上，像橋墩邊一塊黃褐色大石頭。日頭落入山坳，四周驟然黑下來，而東南一角天幕，早已一片月華。

「嗯，是個月圓之夜。」他這才清醒些。

他掙扎著站起來。喲！四肢全痲痺了。他踉蹌挪移兩步，又重重倒坐在菅草叢裏；他乾脆躺了下來。

有一點涼意呢？冷嗎？拔力搭因豈是怕冷的男子？他在心裏說。他眼睜睜地瞪着東天昇上丈來高的月輪。

我的愛，我的恨，我的心，我的……我要向誰說呢？

月亮啊，你高高在上，你知道一個賽夏青年的心傷嗎？

月亮的光輪好像倏然擴大著，膨脹著，冉冉飛降身邊。

不，月亮融化了，融化成野鹿的奶汁，向他頭臉胸膛澆淋下來，好暖和，好舒服……。

他深深地睡著了。沈睡中，眼前晃動著銀灰色的戰刀，紅艷艷的鹿血，不，是人血。好多人血；野杜鵑、山茶花、山黃麻、桂竹林，全是斑斑血跡；大東河流著的全是鮮血！

誰在鬼叫？好難聽！

不，是痛苦的哀號；血河中一羣黑矮人在哀號呼救……

他再聽聽：還是那難聽的吱吱尖叫。他睜開眼睛：冷冷圓圓大大的月亮正頂在鼻尖上。是山猴饑餓的哀叫嗎？他伸個懶腰，站了起來。

「啊！這些傢伙！」

眼前的景象，很出乎意料——這不會又是惡夢吧？

在木板橋上，坐滿了矮人。他們可笑的小脚，像一排山猪牙，吊掛在橋板下。那好像山猴搶地豆時發出的怪叫，就是他們的歌唱。他們還在橋上蹦蹦跳跳呢！那是他們的舞蹈吧？多可笑。

以往也聽族人說，矮人每到月夜，大大小小都到吊橋上「跳月」；據說他們的神通法力，就是從「跳月」裏得來的。他從來不相信，也不屑一看，沒想到今夜竟碰上啦。

「跳月？跳他的鬼魂喲！」他吐一口口水。

實在難以相信，這些黑黑小小，尖鼻尖嘴，尖耳朶尖下頦的鬼東西，會體力巫術都那麼驚人，還懂得天上的星星月亮太陽，地下的風雨火土等。

但是，他看過他們施展巫術制伏耕牛，捉到小偷……小矮人總共六十個人不到，賽夏人有六百多人。這是很羞恥的，但是有什麼辦法呢？

他們在跳月——跳月眞的可以得到神通法力嗎？

他想，他們只是愚弄人罷了；跳……跳入深谷裏差不多。

嗯，記得有一次由河裏撈起一具小矮人的屍體，聽說是跳月不小心跌下去的。

他還看過，那是一個黑茸茸，像一隻大山猴的死屍。

哈哈！他們也會跌死？他們也怕水！

「對呀！跳月……吊橋上……」

奇妙的月光！他眞確地感到這一瞬間，腦際突然充滿了亮亮的銀色月光！亮光底下，一個奇妙的主意出現了——那不是忽然產生的，而是早就隱藏著的，細碎的，不成形的，模糊不清的奇妙主意，一個一直不敢認眞去想的主意……

「為什麼不可以？為什麼？……哈哈！」

眞是一個美好的月夜。他再躺下來，眼睛依然睜得大大的，但他沒有看到月亮了，他興奮地激動地盤算著一個奇妙的計策……。

月亮最圓之後，又開始逐夜欠缺了。一勾彎彎的下弦月，再下去，夜空只有點點繁星。在吹風有雲的晚上，天空莽野，像被誰的一塊巨大的「河溜流士」——頭巾包裹起來。

這個晚上，拔力搭因化成一個復仇的魔鬼——像一隻「噴地鼠」，悄沒聲息地爬到吊橋中央。

第一步工作是拆下一排橋板，用帶齒小刀，把支撑橋板的一條桁樑上邊鋸下一半多深的缺口；缺口約兩節手指長。

第二步是把和缺口同樣大小的木塊嵌進缺口；木塊是事先準備的。木塊中心部位穿過粗鐵絲；粗鐵絲扭成環狀。

第三步是以黃藤結成的長繩，由橋墩這邊拉過來，結牢鐵環。粗粗的黃藤長繩藏進橋板下面，不留一點痕迹。

最後，把拆下的橋板恢復原狀。

他仔細打量黑漆漆的四周：夜深了，山風也已靜止，空山寂寂，除了橋下溪水「呵呵」笑外，沒有一點聲息。

漫天烏雲，星月無影；大地漆黑，山嶽潛形，看來橋上的把戲天不知地不覺吧！

「偉大的祖先！」他在橋頭跪下，喃喃禱告：

「爲賽夏人雪恥，請保佑——橋上的『兵阿克，比油久』（捕野猪的弓陷機）不被發現，能有用。」

他想想，又說：

「祖先啊，不要怕小矮人！子孫尊敬您，因爲您能保佑子孫；子孫弱小了、滅亡了，您也沒有了！」

禱告完，他吹著口哨離開。半年來，今夜是唯一愉快的時分。

他開始等待：月亮，像美女的彎彎眉毛，然後像猪骨大梳子，然後像橢圓黃木瓜；然後什麼都不像，就是圓圓光光的大月亮。

稻收割祭祭司，不是固定的，而是由同姓各家占夢得吉夢的一家擔任。

去年朱姓和趙姓，正好由兩姓族長尤穆卡利和搭因托洛擔任。因爲拔力和阿寶娃剛定婚，兩族人要求熱鬧一番，所以兩家就決定聯合在尤穆家舉行。

這消息傳出去，其他各姓也要求一起做。所以去年的稻收割祭，實際上是南祭司團全體各姓在一起舉行的，大家還決定：

「明年誰占吉夢，都一起在搭因家舉行，同時喝他們家的喜酒。」

可是今年朱趙二家籠罩著愁雲慘霧，誰也不再提起聯合舉行的事。

今年趙姓的稻收穫祭，在拔力的小叔家舉行。尤穆卡利帶著兒子，携一麻竹筒糯米酒去參加。

行祭的儀式很簡單：占到吉夢的小叔，領著大家到最近的旱稻田上，面向東方，兩脚相交而立；閉上眼睛，拔下三根稻穗，然後向田神稻神禱告一番。這時大家也拔下三莖稻穗。

大家回到祭司家，把各人拔下的稻穀脫下，去穀後，摻在午餐的雜糧裏一起煮，大家共餐，並喝糯米酒，唱歌跳舞。

本來歌舞到下午就該結束的，但平地人過中秋節的習俗，近年來賽夏人也學到了。所以到了黃昏，大月亮剛露臉，同姓各家男女老少都趕來了，於是喝酒唱歌跳舞，又進入另一個高潮。

從下午開始，拔力就推說不舒服，躲著大家。

他一個人抱一麻竹筒糯米酒，窩在屋後大樟樹下喝酒。胎那看見了，勸他不要喝太多，他直傻笑。

胎那把搭瑪找來，搭瑪站在他面前盯他一眼，然後把酒筒搶走。

他還是傻笑。不一會兒搭瑪又轉回來在他身旁坐下，遞給他一塊烤鹿肉。

他想起奔馳在原野的鹿羣：鹿是美麗的，健壯的；當大公鹿被射倒，全身浴血，快嚥氣的時候，最美了，那種悲壯的美，使人油然起敬……。

接下去，他想到死——一幕動人心魄的死亡圖——那也很美的。

「拔力，振作起來！男孩子不要這樣。」搭瑪拍他的肩膀。

「拔力會的，搭瑪放心好了。」

搭瑪滿意地走了，搭瑪的笑容是那麼慈祥，可是搭瑪的背很彎了；彎彎的背影，看來很老了啊！

他一直估量著月亮的位置。

月亮，推開東邊大地上所有樹木的枝葉，大大方方昇到蔚藍的夜空中。

今晚的月亮實在是夠大夠圓的，可是不知為什麼，好像不很明亮；那樣灰灰淡淡的，平平板板的，也許月亮也有點害怕，不敢看今晚將要發生的事情吧？

月亮已經漸漸接近夜空的中央。

糯米酒早已喝光，唱累了，舞倦了；各家老少相携一批批回家。

拔力躲開人家的耳目，悄悄來到吊橋邊。

嘿嘿！兩個手臂濶的吊橋上，在橋中央的地方坐滿了——所有的小矮人！

他們，搖頭晃腦，擺動身子，嘴裏發出好像山猴的聲音。

可笑得很，他們的「跳月」動作，就像山猴尾巴著火時的樣子哩。

他們就這樣「跳月」，一直要到雄鷄啼晨時分才離開。

「哈哈！法力廣大的小矮人！你知道大禍天降嗎？」

謝謝偉大的祖先，「兵阿克，比油久」有效！橋上切掉一半的桁樑，承載得住這一大羣山猴！

拔力撥開橋墩邊的枯草，裏面是一棵巨大的石臼——這是今天凌晨，太陽和月亮換班，那短短一段黑暗的時刻搬來的；石臼是廢棄已久，放在屋後的東西。他一個人扛著它，飛奔這麼遠的一段小徑，幾乎是不可能的，但是他一再提醒自己：不許不可能，無論如何要在天放亮前搬到。

他做到了，而且準時以先前藏好的黃藤，牢牢綑緊石臼凹下的腰部。

現在，他的工作很簡單：他輕輕推動石臼，石臼就滾動著；再滾過一個手臂遠的地面就夠了。

他停下來，雙膝落地，挺起腰幹，再向祖先禱告。

之後，他猛力一推，呼一聲，石臼被黃藤粗繩帶動，劃一個弧形向吊橋中央部份的深谷墜下……

「吧啦！」是橋的桁樑碎裂聲。

「哇！喲！啊唷！」

一陣大山猴的慘叫，一大堆黑忽忽的東西，化成黑黑的線，往深坑裏面掉落，然後，一、二、三、四、五——傳來低沉的「呑！呑！」聲——被呑掉啦！一個、兩個、三、四、五、六⋯。

拔力像一隻長形石臼，冷冷硬硬地站在橋墩上，他感到胸膛脹滿了東西，手脚麻麻辣辣的。

他抬頭望月，嘴邊有笑痕，頰上却有淚痕。

他緩緩抽出佩刀：刀刃染上月色，閃著冷冷的光。他一字一句地說：

偉大的祖先，謝謝保佑。拔力已復仇！賽夏人不再羞恥。

搭瑪，胎那，對不起你們。拔力不能繼承你的祭司職務了。交給馬育弟弟吧！

阿寶娃！拔力愛的阿寶娃！羞恥洗刷了！妳可以嫁人了！拔力愛妳！但拔力殺了小矮人！拔力就要執行自己的「塌呢拉」（死刑）！拔力要和小矮人公平！

他高舉起佩刀，刀尖對準咽喉，心裏平平靜靜的……

「拔力！」

背後有人，他一挺刀柄，猛往脖子插下。背後有人撲過來，刀尖一偏，插進肩窩裏。

「拔力！不必死！不必！」

「誰，是誰？」

「比金尤穆，我是比金！」

「不要管拔力！讓拔力死！」

「你要讓拔力被判塌呢拉，羞恥死去？」

比金說：可惡的小矮人死光了，族人高興都來不及呢！他喘著氣說：犯冒了祖先的大禁忌，活不了的。比金說：把矮人殺光，禁忌就解除也不一定。他心頭一震，同時眼前金星亂冒，支持不住了。比金拔下他插在肩窩的刀子。

「拔力：你做的，比金都知道。」比金用頭巾替他裹傷，但是白頭巾立刻變成濕濕的烏紅色。

「比金……？」

「晚上，比金一直跟著你，剛才比金算是替你把風。」

他伸手要抱比金，但一陣暈眩襲來，他頹然倒下，眼前腦際，白濛濛的雲霧洶湧——他失去了知覺。

*　　*　　*

小矮人集體墜橋的消息，第二天就傳開了。

這時，大霸尖山、向天湖、大東河、南庄這一帶，突然來一場前所未見的狂風暴雨，山搖地動，濁洪滾滾……

拔力的小叔父，老「油必」，還有子女衆多的「窩興」家，一夜之間，房屋、牲口全失了踪迹。山洪爆發，大東河一片汪洋，哪裏去尋找呢？

老年人說：是祖先發怒，要懲罰祭祀不虔誠的族人！

祭司們說：一定是矮人施展巫術，他們要毀盡賽夏人！

山洪久久不退，房屋在比較低窪的人家，紛紛躲到高亢的地方；大家只用鹿皮或牛皮裹身，饑寒交迫，十分狼狽。

突然，滾滾濁流中，一條長長的「巨木筒」，由對岸向這邊漂來；巨木筒「掛」着三個小黑點。

「啊？」大家不約而同地驚叫一聲。

很快地，巨木筒隱入岸邊的草叢中。之後大家看到——三個矮人在草叢中攀援而來；他們朝尤穆卡利家走去。

現在看清楚了：是那可怕的矮人老祖母「柯可」——巫術最可怕的一位矮人。其他兩位是她的左右勇士「瑪陸瑪路」和「達吉歐」。大家面面相覷。膽量大的人，裹緊獸皮跟了上去。

——這些都是後來弟弟馬育告訴拔力的。馬育又說：

尤穆卡利以「喀枯巴達按」身份，召開十五氏族宗長大會，因爲，矮人老祖母柯可，要求交出兇手，不然就用法術，消滅所有的賽夏族人。

聽到這樣，拔力要求弟弟無論如何，扶他趕往尤穆家。

當他到達時，雙方的談判，好像已經進行一段時間了，奇怪的是，比金手脚被綁，倒在地上。

「我們，嘎，只，只剩下……嘎，五個……」

柯可老祖母在說話。她好矮，好乾癟，但是許多族人都親眼看過，她能叫飛鳥墜下，死掉的毒蛇咬人。她多皺的臉孔，像鍋底那麼黑，滿頭白髮却像白雲那樣白那麼細，好可怕！

「比金！說呀！爲什麼一句話都不說？」

是搭瑪在審問比金？大概尤穆廻避自己的兒子吧？

比金犯了什麼罪？

「承認橋是比金砍斷的，其他，不知道！」比金說。

啊！好同年！比金是想頂替自己的罪罰！

他推開馬育，捫著肩窩傷口，昂然走進坐滿各姓族長的會場。

「拔力你——來做什麼？」搭因大吃一驚。

「搭瑪：拔力必須來，所以來了。」他說。

「咦？他，受傷？嘎？爲什麼？嘎？」柯可老祖母問。

「他——拔力阻止我斷橋，被我傷的！」比金搶先說。

會場霍地充滿了怒斥聲，族長們紛紛站了起來。

拔力高舉雙手，要求大家靜下來，比金掙扎著要阻止說話，兩眼睜得大大地，拔力清清喉嚨說：

「各位！比金是寃枉的，他是代人頂罪！」

「……」搭因低下頭去。

「矮人們掉下橋底，怎麼知道是有人害的？」

「拔力，老祖母還會寃枉人嗎？」

「哦？妳，妳怎麼知道？」他面向老柯可微笑著。

「嘎？我，知道就知道！嘎！忘了我什麼都知道？」

「嘿嘿！我是問妳怎麼知道？」他並不想抵賴。

「我的法術！嘎！法術，我什麼都知道！」

「請說清楚些好嗎？讓我們吃驚也好！」

「好！我看橋，嘎，木板，一截桁樑！嘎！」

「高明高明！」他以戲弄的口氣說：「那，妳怎麼也相信是他——比金做的呢？」

「拔力！你別胡來！比金自己招認了哇！」比金大聲喊。

「妳的法術有限，例如：我才是砍斷橋的人！妳算不出來？」

會場陷入混亂中。搭因悄悄退在一邊。拔力讓大家安靜一些了，才有條不紊的把自己所做所爲，詳細地說出來。起判他很激動，後來他鎭靜得像一棵大樟樹。

「是拔力一個人做的。」他朝矮老人站好：「要殺頭，要淹死，要箭刺，隨妳！拔力完全聽妳的。」

「不！我們剩下……五，五個……嘎！」老矮人尖尖的嗓音，沙啞了，無限哀傷地：「我，我要你，全族人都死！」

「不，不公平！拔力一個人做的，拔力一人當。」

「你一個人，不行！忘恩！嘎，你們要全部死！」

「是，你們有恩於我們，但也有仇，大仇！」

「仇？嘎？什麼仇？」

「當然有——妳該問：拔力爲什麼這麼狠，砍斷橋桁……」

「是呀！嘎，你說！說說！」

沒想到，雙方談判半天，居然這個老矮人還不知道他們爲什麼受報復哩！看樣子，比金是什麼都沒說吧？

他覺得什麼都不必隱瞞了，羞恥也已過去，生命更決心獻出。於是他把未婚妻阿寶娃被辱的事故全部說出來，而且把族人被欺負，戲弄，汚辱的種種，都抖出來，

「從頭到尾，拔力一人做的！」他向老柯可說：「比金只想頂替好友——拔力我受罰而已。信不信？這要看妳的法術了。」

比金被放了。老柯可很痛苦的樣子。她不肯繼續談判，她說，讓她回去深想一天一夜，然後

開出談和條件。

拔力被綑綁起來。臂窩不知什麼時候起，就鮮血淋漓了。他暈了過去。

他完全清醒過來時，是在好幾天以後。

「我還沒邁塞？」他問馬育。

「大概不會判『塌呢拉』吧。」

「在阿寶娃呢？」

「不知道……」

馬育吞吞吐吐的，好像很多事情，不肯說出來。馬育告訴他：

老柯可決定不判他「塌呢拉」，也不降災賽夏族。

因爲，慘禍由矮人自己而起，矮人先犯了罪。但矮人和賽夏人，不可能和平共處了；她老人家決定移居不可知的東方之河上。

老柯可要求兩個條件：一、今後每兩年，要賽夏族人舉行一次盛大的歌舞，祭矮人之靈。那時，如果大家是誠心誠意的話，她會率領矮人來參加。時間是稻收穫祭之後或同時——月圓之夜。

第二件是：把阿寶娃帶走。

因爲阿寶娃是慘禍的根源；阿寶娃破壞了她的法力，她必須收留在身邊，不然她的矮人就眞要滅亡了。

另一方面，老柯可認爲：也唯有這樣，賽夏族人才能平安，五穀才能豐收。阿寶娃是妖女，這個妖女太美了，將魅惑所有的年輕人；她老人家一走便無人能治的……

「不，不行！」拔力掙扎著要起來。

「拔力哥哥，還不要動。」馬育阻止他。

他一再懇求弟弟扶他去找阿寶娃，或找比金父子。馬育不肯讓他帶傷去冒險。搭瑪來了。看他不要命的衝動情形，乾脆把他綑綁在床上。

「馬育，去，去把比金找來，求你！」

比金來了。比金告訴他：他們父子要求老柯可帶走所有的鹿角、牛皮等，但不要搶走阿寶娃。

「不行，什麼寶物都不能換妖女！」老柯可不肯。

「我比金跟妳走，比金的命給妳好了！」

「不！嘎，你們看，這樣是，嘎，妖女的可怕的法力！」

「不管怎麼說，是我的愛女！」尤穆說。

「嘎，不答應？我，嘎，會用洪水、風災、用大火，嘎，用可怕惡病，賽夏人嘎，死光光！」

正在這時候，美麗的阿寶娃出現了。

她盛裝而來，但，她頭上插著芒草——那是避邪用的。

「我阿寶娃去，不要降禍我族人。」

阿寶娃，可憐的阿寶娃，可敬的阿寶娃！她就這樣跟著老柯可走了。

臨走時，阿寶娃回頭對搭瑪和比金幽淒地一笑，說：

「阿寶娃是妖女，讓我把災禍帶走吧！」

——說到這裏，比金已經哭不成聲。

「那……阿寶娃被帶走了！」拔力臉色蒼白，臂窩的傷口又迸裂了。

「嗯……在對岸洞穴……」

「那，那救她去！馬上！」

比金和馬育都淒苦地搖頭；他自己又實在沒法行動。

就這樣，任阿寶娃去受苦嗎？就這樣，賽夏人就失去了阿寶娃嗎？

多麼善良，多麼可愛的女人啊！

一隻健壯的，美麗的小母鹿！

啊！是我拔力害了她！

我這懦弱無用的男人！

拔力呻吟著，詛咒著；在流淚，心臟和臂窩都在流血。

他幾次要殺死自己，可是做不來，而且馬育日夜守護在身邊。

他躺在床板上，眼睛睜得大大的；上午，下午，白天，晚上，不食不飲，就那樣睜大眼睛，好像要看穿厚厚的茅草屋頂，望穿遙遙夜空似的。

在一個眉月斜勾在脈竹尾的半夜，由那遙遙的夜空深處，阿寶娃擺動細腰，向他走了過來；以那黑裏帶褐的大眼睛，款款深情地注視他。

阿寶娃的穿著，是兩人難忘的定婚時的衣飾：雪白的胴衣，是用兩幅脈布對折縫成的；背部中央合縫，前面對開，兩邊留七、八寸寬的袖口：腋部以下合縫到底；胸前挑繡著鮮紅的山茶花，斜方菱形的胸衣，是錦黃色的，上面挑繡著雪白的雲卷……

阿寶娃貝鈕頭飾，骨板的耳飾，貝珠的頸飾，琉璃珠的胸飾；紅白相間的腰帶飄飄。金光爍閃的臀飾，膝褲上的鈴鐺……

——這是賽夏女孩定婚時的盛裝；定婚儀式一完，阿寶娃就和他溜在桂竹園邊的小山溪旁來約會……

「阿寶娃，妳來了！」他說。

「……」阿寶娃的大眼珠眨了一下就半閉上了；長長的睫毛，闔成美麗的倒掛小扇子。

「阿寶娃，我們，我們終於定婚了！」

「拔力！」阿寶娃的大眼珠睜得好怕人，好像吃了一驚。

「阿寶娃，怎麼了妳，不高興？」

阿寶娃在他的床板前蹲著，跪了下來。

「我？我沒睡著呀！」他茫然。

「阿寶娃是偷偷過來看你的。拔力，最後的，拔力——阿寶娃不該來，但，拔力，還是來了……」

最後一次？他困難地搖搖頭，努力使自己由恍惚中脫離出來。

是的，是的，是這樣。他在心裏說：

其實拔力知道，拔力不肯認定事實而已。拔力不要相信「最後來看拔力」的話，那不是眞的，阿寶娃故意氣氣拔力而已……。

阿寶娃怎麼會是「最後一次來看拔力」呢？

「拔力，一定很恨阿寶娃！」

「……」恨？恨嗎？不。不嗎？不知道，眞的不知道。

「不要恨阿寶娃，好嗎？拔力！」

「不知道！不知道……」

「也不要恨矮人，老柯可……」

「什麼？說什麼？」他像心口被尖銳的魚槍刺了一下，叫了起來。

「阿寶娃說：不要怨恨，不要怨恨誰。這是命，一種看不到的神所安排的！」阿寶娃想了想再說：「看老柯可，不是也認了嗎？那麼多達矮，託矮，不是都死了嗎？」

「……」他無言，但是他覺得好委屈。

「拔力一定要保重，快找一個好妮阿……」

「不！又說，又這樣說……」

「這樣，阿寶娃才能安心地去……」

「不，不要去，不要安心！」

「唉，拔力啊拔力……」

「拔力可憐的妮阿！」他在心裏柔聲說。

他凝然看著阿寶娃，阿寶娃也把千言萬語化在深深的注視中。

然後，兩人都淚珠簌簌而下……

然後，「瑪陸瑪路」和「達吉歐」突然出現了，把阿寶娃押走……。

阿寶娃走了。不，阿寶娃並未來過；也許來過，只是好像不是眞的。

他悔恨；悔恨又加悔恨。他深深地恨。

他也一再提醒自己，不要去恨；這樣怨恨，不是賽夏人的性格，尤其不是他的。可是，他，還是怨恨。

他懷疑，阿寶娃爲什麼能夠坦然接受這些不合理的事況呢？

人，多麼奇怪，可笑又可悲，但也可貴又可敬啊……

然而，拔力啊！他在心裏頭大聲叫喊：拔力要怎麼渡過這漫長沒有阿寶娃的歲月呢？

「拔力要努力學習……」

「拔力好像漸漸知道認命了……」

「藐小的拔力啊！」

他，翻俯過來，臉埋在床板裏，幽幽而泣。

終於，那個悲慘的日子到了。

一個晴朗的早晨，老柯可派「瑪陸瑪路」和「達吉歐」來告訴大家：他們要遠走東方了，希望賽夏人背著「布鼓」，都到河邊去歡送。

尤穆命比金，爬上屋前的黃麻巨樹，然後敲出緊急的集合的鼓聲。

——咚督！咚督！咚督！咚督！咚督！……

於是，遠的、近的，各族各社的男女老幼全向尤穆家附近集合。

咚督咚督！督督咚，咚咚督；咚督咚督……

這是集合大東河河畔的「鼓語」。

拔力聽到布鼓聲，馬上想到它的意思；他要求搭瑪，讓他也去河畔，不然他就不活下去。比金同年也來了。馬育和比金扶著他，走向河畔。

在大東河對岸，兩隻巨木筒，已經下了水，很快地向這邊划過來，每隻巨木筒上都是三個人。

這時，尤穆卡利，搭因托洛等有身份的族長們，都穿上祭祀時的衣飾，肅穆地站在河畔。河畔，一片人山，大概有五六百人。

拔力站在搭瑪前面三把戰刀的距離的地方；馬育和比金，以雙手和胸脯緊貼拔力的背板，使他不致倒了下去。

前面那隻巨木筒划到河畔，靠岸了；阿寶娃坐在中間，左邊是老柯可，右邊是「瑪陸瑪路」；「達吉歐」和兩個達矮在第二隻巨木筒上。

「阿寶娃……」拔力在心裏輕輕地，柔柔地，悲哀地，絕望地呼喚著。

可憐的阿寶娃，她是山的女孩，是美麗的小母鹿啊！她不喜歡水的，更未曾坐過那鬼木筒……

老柯可縱身一躍，小小矮矮的身子便飛上陸地。

「啊啊！」河畔上升起一片驚嘆。

「嘿嘿！賽夏人！嘎，很好。」

「賽夏人恭湲老柯可……」尤穆和搭因領著大家拜了下去。

「還有達矮四個。」老柯可的尖嗓音似乎抖顫著。

「恭湲達矮……」

「嘎！我們，我們沒有託矮了！」

「……」

嗯，託矮（女矮人）都葬身河中啦？只剩下一個老柯可是託矮……。

「我們沒有託矮了！嘎！」老柯可重複這句：「嘿嘿！我們只有一個妖女，阿寶娃，嘎，嘿嘿！」

「……只有一個……」拔力心口一窒，什麼尖銳帶齒的利刃，猛地戮入心的深處，他，眩暈着，呻吟起來。

「拔力，怎麼啦？」

「比金，扶、扶我，扶我下、下去一點！」

馬育和比金抱緊他，不讓他挪動。可是一股發自生命底層的強勁力量，驀然迸發——傷口又癢癢的，流血了——像一頭瘋牛狂獅，他向前撲去。

「阿寶娃！」

阿寶娃的柔手，被「瑪陸瑪路」緊緊抓著。

「阿寶娃，下來！下來呵！」

阿寶娃始終低垂著頭，沒有抬頭看誰一眼；她，渾身抖索著。

「不，嘎，妖女不下去了！」老柯可閃著精亮的小眼睛，投過來詭譎的一瞥。

「老柯可，求妳……」啊！爲什麼說「求」！拔力急促閉上嘴，可是下一瞬間，他又說：「求求妳，放了阿寶娃！」

「嘻嘻……」

「放，放她，上，上岸來一下……」

「……」老柯可輕輕地搖頭。

「讓，讓，讓拔力看，看她一眼啊！」

老柯可又那樣瞥拔力一眼，然後向尤穆他們說：

「賽夏人！嘎！是偉大矮人的僕人！」

「是……」

「偉大的矮人教你們種稻，打獵。嘎！」

「是！」

「教你們存糧，教你們用火。」

「是！」

「偉大的矮人替你們趕走魔鬼。」

「是……」

「替你們治病，驅邪。」

「是！」

「替你接出生的小賽夏人！」

「是！」

「嘿嘿，矮人偉大嗎？」

「偉大，矮人是偉大的！」

「有恩於賽夏人嗎？嘎？」

「有！」

「大不大？嘎？」

「大恩！是天大的恩情！」

「不要忘記這個大恩！」

「不忘，賽夏人不忘大恩的。」

「可是，嘿！矮人和賽夏人，有仇嗎？」

「……」

「有嗎？有大仇嗎？」

「……」

「啊！嘿！我老矮人！」老柯可的嗓音突然變得蒼老而虛弱：「以，以老柯可之名，命你們賽夏人……」

「……」大家一片凝肅。

「忘，忘去仇，仇恨！」

「是……」

「是，要記住恩，恩情……」

「是……」

「仇，仇恨像雲……煙！」老柯可口喘了一陣氣，然後說：「只有恩情，像大東河的水，長，長……」

拔力聽著聽著，由激動而平靜，又因平靜而激動。

「老柯可！那，那放，放掉阿寶娃！」拔力大聲說。

老柯可沒有理會他，還繼續向族人訓話。

現在，拔力他，和阿寶娃離得很近，可是阿寶娃就是不抬起頭來；一在水上，一在陸地。

「阿寶娃！阿寶娃啊！」

徒然。一切都是徒然。他熊熊熱烈的心胸，開始萌生冷冷的，森森的恨，恨，恨……

可是，一切都是徒然。

老柯可跳上巨木筒，坐在阿寶娃身邊；一揮手，巨木筒就緩緩划向河中急流。

「阿寶娃！」拔力以最原始的，最痛切的感情，喊了一聲。

「阿寶娃！」尤穆和比金同時喊。

阿寶娃噯……賽夏人都喊了，複雜的，淒苦的，無奈的叫喊。

巨木筒越划越快，阿寶娃的模樣兒，就要遠離而模糊了。

她還是沒回過頭來，她還是——

她，阿寶娃，終於在最最緊要的一瞬，匆匆回頭一瞥……

拔力一直堅決相信，她會回頭看他一眼的，一定會，一定……

所以他一直睜大眼睛，用力集中視線；他要把握那一瞥。

——阿寶娃的目光，完整的，全部的，給他捉住了。

或者說，那是彼此的目光，兩條直線瞬間的連接。他，她，這短得不能再短的瞬間，目光，心，靈魂，完全融熔在一起。

阿寶娃的那一瞥，却是平靜悠遠的，空濛無滯的。

他，從未見過這樣崇高、威肅的目光；他，永遠忘不了。

剛才萌生的恨苗、恨火，油然消逝……

巨木筒順流而下。比金和馬育攙扶著，抱持著他搖搖欲墜的身子。

巨木筒划過一段急灘，就要轉彎看不見了。

突然，有人從巨木筒中跌落河中。

「啊呀！」

跌落的人，好像給救了起來。又好像只是跌下去的人爬起來而已。太遠了，什麼都模模糊糊的。

阿寶娃溺死了？不！絕不！阿寶娃是不會死的！

她，只是被拘禁在不可知的東方之河上罷了。拔力堅決相信。

阿寶娃，不會死在他鄉；她要死，一定回來和拔力死在一起。

人間，太複雜了，生命是這樣無可奈何！

親愛的阿寶娃！我拔力搭因好、好疲倦……他喃喃說。

* * * *

農曆十月十六晚上，冷冷圓圓大大的月亮，掛在墨藍深空上。

兩年一度的「巴斯達矮」——矮人祭，做完「迎靈」，「延靈」兩部份祭儀歌舞了。今晚是「克西脫姆洛」——娛靈，南祭司團的祭司，還是由五十一歲的朱姓人「比金尤穆」主持。

「卡、巴斯達矮、安」——娛靈廣場上，四周全是火把，火舌像悠古的惡龍，不斷向夜空伸吐紅毒毒怪舌；月亮顯得更迢遙了。遠山近林的月光被逼成闇闇的灰色。

和前兩個晚上一樣，拔力搭因席地而坐，靜靜地喝糯米酒，他除了偶而多看同年比金一眼外，就是細聽幽深悲涼的歌，凝看步法繁複的舞。

巴斯達矮五段祭儀節目，吟唱的祭歌總計十六章；每章一節到七節，一共三十六節，歌詞具有詩的型態，每句七個音節，押韻落在舞步踏脚上。今晚歌唱的是第一章到第五章。

這些歌舞，他十分熟悉的。自有巴斯達矮二十幾年來，他從未實際加入，但每次都靜坐在那裏傾聽凝看。時間久了，他覺得這樣衆人狂歡我獨靜的做法，是一種「甫里哥」——巫術的方式，或者說是一種神秘力量的展示；他崇拜巫術，也恐懼巫術。他隱隱體味出些許滿足；那是抗拒的滿足，抗拒中清醒地感到自己是頑強地活著。

嗬喔阿給，啦嘿索！
東方之河來柯可，
達矮託矮成羣到！
病矮跛矮也來坐！
嘓！喔嗬給啦嘿索！

小矮人已經移居東方日出那邊，不可想像的河上。矮靈必須用莊重的禮儀，一定的歌舞才能請來的：

「柯可啊！老祖母您來！

達矮喲，託矮，您來！

賽夏同年敬您祭您！

可敬可愛又可恨可怨的矮人啊！來！」這是司祭領導衆人唱的「迎靈歌」。

「可敬可愛又可怨恨的……」拔力深刻地咀嚼這句歌詞。

爲什麼？到底爲什麼？爲什麼人間會這麼複雜，這樣無可奈何呢？唉！其實恨是淡遠了，愛也是想想而已。他突然覺得一切都有些可笑起來，但是，下一瞬間，他又覺得愛、恨，都還是十分莊嚴的。他的心，永遠徘徊在逐漸纏繞營繭，和慢慢自我開釋的兩極之間。

他的腦際，也是一座廣濶的「卡、巴斯達矮、安」，這裏擠滿了細細幽幽的歌聲，婆娑妖異的舞蹈；這是生命那一端遙遙追踪過來的魅惑之舞，貫穿遠古的詠嘆小調。拔力他記得，他也明白，以往，現在，可以想像的未來，自己都將被這些歌聲舞影包圍糾纏的。

「拔力搭因啊，拔力搭因！」他憐憫地呼喚自己。

大祭司比金，又開始領導吟唱祭歌，這是第三章的歌詞：

嗬喔阿給，啦嘿索！

矮人賽夏同年喔，

指點出獵種穀喔，

矮人通神力大哪，

巫術驚人「甫里哥」！

日頭好日頭壞喔，

雨水好雨水壞喔，

矮人好欺負人哪！

矮人愛捉弄人哪！

東河東河奈河何？

日頭日頭奈日何？

拔力並沒有跟著開口吟唱，但是這蒼涼勁拔的歌聲，和他靈臺深處細細幽幽的詠嘆，早就相互應和，密密交織著；他虛脫地躺在古老往事和眼前聲色結成的無形網裏。

「唉！阿寶娃！妳也回來嗎？」他滯拙還摻雜些羞赧地喃喃說：「知道嗎？阿寶娃：年年歲歲，我怕妳一起來，但，我實在是苦等妳回來……」

衆人紛紛起來參加舞蹈，拔力也站了起來，向塗滿火把紅光的一片人頭，用力地，也是茫然地凝望一眼，然後離開卡、巴斯達矮、安，朝左下邊小徑走去。

走過一段菅草齊肩的小徑，眼前驟然漆黑；因爲這裏是高崗，臨近二十多丈的深谷。月光被對面山上的「山黃痲」樹枝葉遮擋了。

深谷傳來深沉的「河河」水聲，這就是令人愛恨交織的大東河。三十年來，東河依舊水聲「河河」，人事却已全非；溝通東河兩岸的木板吊橋，自那件慘事發生後，賽夏十五氏族的共同「喀枯巴達按」起誓：他東我西，兩岸永絕……

拔力不禁呻吟一聲，泛起一身煖熱的浪潮。他溶溶多汁的醉眼裏，閃著絲絲異光。眼裏的異光，和冷冷的月光相遇，發出脆脆酥酥的金屬撞擊聲。一片繽紛，一串嘆息，一縷輕煙，一陣恍惚——啾！美麗的阿寶娃，溫柔的阿寶娃，可憐的阿寶娃，她不是幽怨地站在輕煙中嗎？

拔力，自己也恍然進入輕煙似的舊夢中……

而巴斯達矮的「克西脫姆洛」——娛靈節目，已漸近尾聲。

廣場一邊，還插著幾枝火把，但是芯柱焦硬，火苗發藍了。

幾對青年男女，貪戀這空曠的場地，還想舞下去。可是歌聲已歇；他們的舞步，疲累而有些踉蹌。

主持祭司比金，在指導兒子——將來朱姓祭司繼承人吟唱第一到第七章祭歌。

這是今晚，不，應該說是今天日暮開始「逐靈」儀節用的祭歌；到了子夜以後，就該唱第九到十三章。

這是很好的學習機會，馬育搭因也應該領著孩子學習才好；馬育弟弟是現任趙姓祭司。

拔力想回去睡一個凌晨覺。比金却端過來一杯糯米酒，意思好像是要他陪伴，不許他離開。

他不置可否地坐下來，淺淺吮飲手上好酒。

比金這個老傢伙，歌聲眞還不錯；洪亮而蒼勁，深邃而粗獷。不過，比金的嗓門，總是帶那麼一股鬱鬱沉沉的味道，就好像專用來吟唱傷懷歌曲的。他想。

比金領頭的歌聲，又悠悠升起：

噉！拉嘿拉嘿喔索！

柯可回東方之河，

達矮託矮回東方之河，

矮鬼矮靈回東方之河，

你回你居，我回我所，

千年萬載淒淒涼涼喔！

東河東河奈河何？

東河賽夏，賽夏東河喲！

拔力跟著嘴唇囁囁，但沒法唱出聲音。

唉，往事淒涼。不知比金現在的心境如何？是不是也回想往事呢。會和自己一樣，時時想起那美麗、溫柔而可憐的阿寶娃嗎？

「眞有意思。」他不覺朗聲說了出來。

眞有意思？怎麼會這樣想呢？他奇怪起自己來。

東天，一縷曙光燦然射向山巔。

「克西達姆洛」結束，巴斯達矮告一段落。

拔力却席地呼呼入睡了；手上的酒杯，早就掉落地上。

夢中，他化成一隻強壯的大公鹿；當然，身邊還有一隻美麗可愛的小母鹿。

他，領著她，旋起一團風，向靑靑草原深處，奔馳而去……。

（一九七七）

滄海叢刊已刊行書目(四)

書名	作者	類別
清眞詞研究	王支洪	中國文學
宋儒風範	董金裕	中國文學
紅樓夢的文學價值	羅盤	中國文學
中國文學鑑賞舉隅	黃慶萱 許家鶯	中國文學
浮士德研究	李辰冬譯	西洋文學
蘇忍尼辛選集	劉安雲譯	西洋文學
文學欣賞的靈魂	劉述先	西洋文學
音樂人生	黃友棣	音樂
音樂與我	趙琴	音樂
爐邊閒話	李抱忱	音樂
琴臺碎語	黃友棣	音樂
音樂隨筆	趙琴	音樂
樂林蓽露	黃友棣	音樂
樂谷鳴泉	黃友棣	音樂
水彩技巧與創作	劉其偉	美術
繪畫隨筆	陳景容	美術
藤竹工	張長傑	美術
都市計劃概論	王紀鯤	建築
建築設計方法	陳政雄	建築
建築基本畫	陳榮美 楊麗黛	建築
中國的建築藝術	張紹載	建築
現代工藝概論	張長傑	雕刻
藤竹工	張長傑	雕刻
戲劇藝術之發展及其原理	趙如琳	戲劇
戲劇編寫法	方寸	戲劇

滄海叢刊已刊行書目(三)

書名	作者	類別
野草詞	韋瀚章	文學
現代散文欣賞	鄭明娳	文學
藍天白雲集	梁容若	文學
寫作是藝術	張秀亞	文學
孟武自選文集	薩孟武	文學
歷史圈外	朱桂	文學
小說創作論	羅盤	文學
往日旋律	幼柏	文學
現實的探索	陳銘磻編	文學
金排附	鍾延豪	文學
放鷹	吳錦發	文學
黃巢殺人八百萬	宋澤萊	文學
燈下燈	蕭蕭	文學
陽關千唱	陳煌	文學
種籽	向陽	文學
泥土的香味	彭瑞金	文學
無緣廟	陳艷秋	文學
鄉事	林清玄	文學
韓非子析論	謝雲飛	中國文學
陶淵明評論	李辰冬	中國文學
文學新論	李辰冬	中國文學
離騷九歌九章淺釋	繆天華	中國文學
累廬聲氣集	姜超嶽	中國文學
苕華詞與人間詞話述評	王宗樂	中國文學
杜甫作品繫年	李辰冬	中國文學
元曲六大家	應裕康 王忠林	中國文學
林下生涯	姜超嶽	中國文學
詩經研讀指導	裴普賢	中國文學
莊子及其文學	黃錦鋐	中國文學

滄海叢刊已刊行書目（二）

書名	作者	類別
印度文化十八篇	糜文開	社會
清代科學	劉兆璸	社會
世界局勢與中國文化	錢穆	社會
國家論	薩孟武譯	社會
紅樓夢與中國舊家庭	薩孟武	社會
財經文存	王作榮	經濟
財經時論	楊道淮	經濟
中國歷代政治得失	錢穆	政治
先秦政治思想史	梁啓超原著 賈馥茗標點	政治
憲法論集	林紀東	法律
黃帝	錢穆	歷史
歷史與人物	吳相湘	歷史
歷史與文化論叢	錢穆	歷史
精忠岳飛傳	李安	傳記
弘一大師傳	陳慧劍	傳記
中國歷史精神	錢穆	史學
中國文字學	潘重規	語言
中國聲韻學	潘重規 陳紹棠	語言
文學與音律	謝雲飛	語言
還鄉夢的幻滅	賴景瑚	文學
葫蘆・再見	鄭明娳	文學
大地之歌	大地詩社	文學
青春	葉蟬貞	文學
比較文學的墾拓在臺灣	古添洪 陳慧樺	文學
從比較神話到文學	古添洪 陳慧樺	文學
牧場的情思	張媛媛	文學
萍踪憶語	賴景瑚	文學
讀書與生活	琦君	文學
中西文學關係研究	王潤華	文學
文開隨筆	糜文開	文學
知識之劍	陳鼎環	文學

滄海叢刊已刊行書目(一)

書名	作者	類別
中國學術思想史論叢(一)(二)(三)(四)(五)(六)(七)(八)	錢穆	國學
兩漢經學今古文平議	錢穆	國學
湖上閒思錄	錢穆	哲學
中西兩百位哲學家	鄔昆如 黎建球	哲學
比較哲學與文化	吳森	哲學
比較哲學與文化(二)	吳森	哲學
文化哲學講錄(一)	鄔昆如	哲學
哲學淺論	張康譯	哲學
哲學十大問題	鄔昆如	哲學
老子的哲學	王邦雄	中國哲學
孔學漫談	余家菊	中國哲學
中庸誠的哲學	吳怡	中國哲學
哲學演講錄	吳怡	中國哲學
墨家的哲學方法	鍾友聯	中國哲學
韓非子哲學	王邦雄	中國哲學
墨家哲學	蔡仁厚	中國哲學
希臘哲學趣談	鄔昆如	西洋哲學
中世哲學趣談	鄔昆如	西洋哲學
近代哲學趣談	鄔昆如	西洋哲學
現代哲學趣談	鄔昆如	西洋哲學
佛學研究	周中一	佛學
佛學論著	周中一	佛學
禪話	周中一	佛學
公案禪語	吳怡	佛學
不疑不懼	王洪鈞	教育
文化與教育	錢穆	教育
教育叢談	上官業佑	教育